Gefährtin eines Sommers

Gret Künzler-Weber

Gefährtin eines Sommers

Liebesgeschichte einer 14-Jährigen

aufgearbeitet anhand von Briefen
und Tagebuchaufzeichnungen

Bibliografische Information der Deutschen Nationalbibliothek:
Die Deutsche Nationalbibliothek verzeichnet diese Publikation in der Deutschen Nationalbibliografie; detaillierte bibliografische Daten sind im Internet über http://dnb.d-nb.de abrufbar.

© 2013 Gret Künzler-Weber
Satz, Umschlaggestaltung, Herstellung und Verlag:
BoD – Books on Demand
ISBN: 978-3-7322-0004-7

Einleitung

Das mit der Liebe lag eigentlich schon in der Luft. Damals, drei Jahre nach dem Zweiten Weltkrieg, als der Arbeitseinsatz für die Heuernte mit dem deutschen Jurastudenten eingefädelt war. Ich war 14, gerade am Erwachen für's andere Geschlecht. Äussere und innere Gründe gaben den Anstoss, dieser so romantisch begonnenen, zarten Liebesgeschichte auf den Grund zu gehen, die dann abrupt durch meinen Vater abgebrochen wurde.

Meine über 60 Jahre aufbewahrten Tagebuchaufzeichnungen, Heinz's Briefe, sein Foto, sein Geburtstagsgeschenk in Form von Liebesgedichten fielen mir letzten Jahres bei der Estrichräumung in die Hände.

Beim wieder Lesen wusste ich plötzlich: Diese Briefe hätten eine andere Würdigung verdient als jene, die ich ihnen als junges Mädchen gab. Das will ich jetzt nachholen, indem ich seine damaligen Briefe aus dem Heute beantworte, das Jetzt einfliessen lasse und das wiedergefundene Tagebuch aus jener Zeit für ihn öffne.

In einem meiner ersten ‹Briefe aus dem Heute› schreibe ich: «Was hatte ich da verpasst! Damals – so wenigstens meine Erinnerung – beglückten mich deine Briefe keineswegs. Ich erwartete Liebesbriefe – und du zeigtest und erklärtest mir deine Heimatstadt … Was ich heute in deinen Briefen lese, lässt mich sanft erbeben. So wichtig, so ernst hat mich ein Mann von fast dreissig Jahren genommen ...»

«Ein Blatt aus sommerlichen Tagen» eröffnet mein Aufarbeiten. Es ist die romantische Kurzfassung der Ereignisse und entstand etliche Jahre früher. Dort verwendete ich den Namen Herbert. In Wirklichkeit hiess Herbert Heinz.

«*Ein Blatt aus sommerlichen Tagen*»

Ein Blatt aus sommerlichen Tagen,
ich nahm es so im Wandern mit,
auf dass es einst mir möge sagen,
wie laut die Nachtigall geschlagen,
wie grün der Wald, den ich durchschritt
Theodor Storm

Wenn ich im Dunkel meiner ausgehenden Kindheit grabe, so erscheinen verfliessende undeutliche Bilder – aber auch andere, die unauslöschlich und frisch wie der gestrige Tag beglücken und lebendig zu mir herüberkommen. Von diesen will ich berichten.

Es war kurz nach dem Ende des zweiten Weltkrieges. Deutsche Studenten hatten sich für einen mehrwöchigen Landdienst in der Schweiz verpflichtet. Mein Vater betrieb einen mittelgrossen Bauernhof und stellte jeweils für den Sommer eine zusätzliche Kraft ein. Diesen Sommer sollte es der deutsche Jurastudent sein.

Die Sommer meiner Kindheit waren heiss und üppig, gläsern klar der Morgen, schwül und satt der Nachmittag. Die Luft war geschwängert vom Sirren der Insekten. Bremsen belästigten das Pferdegespann vor dem Heuwagen. Mit ausgezogenen Hemden luden Vater und die Knechte das

Heu auf die Ladebrücke. Mutter und ich zogen, hinter dem sich füllenden Gatter des Wagens, die grossen Rechen und säuberten so die abgemähten Wiesen von den Heuresten. Wenn vor der Stallzeit der letzte Heuwagen in die Scheune rollte, spürte ich ein Gefühl der Zufriedenheit und der Genugtuung. Der Tag hatte seinen Sinn gehabt. Es war etwas geschafft und eingebracht worden.

In diese Idylle trat Herbert. Er war gross und kräftig, hatte braune Augen, eine braune Haut und gepflegte Hände. Er war älter als Studenten zu sein pflegen, da ihn die Kriegsjahre zwangen, sein Studium zu unterbrechen und dem Land als Fliegerhauptmann zu dienen.

Herbert lud bald so geschickt wie die Knechte das Heu auf den Wagen. Während der Arbeit wurde wenig gesprochen, dafür umso mehr an den Abenden. Es wurde zum Ritual, dass wir abends nach der Stallzeit noch lange am Küchentisch sitzen blieben und Herbert zuhörten, wie er von seinen Kriegserlebnissen erzählte, von den Gefahren, ja, den Abenteuern in der Luft, dem glücklichen Entkommen und dem nachträglichen Geburtstag-Feiern.

An diesen Abenden bin ich Herbert am Mund gehangen. Dieser fremde Mann aus einer ganz andern Welt faszinierte mich in einer nie zuvor erlebten Weise. Meine Augen öffneten sich täglich mehr für das, was er tat und sagte, und wie er war. Ich wollte nur noch auf jener Seite rechen, auf der e r die Maden anstach. Mit ihm auf der Ladebrücke des Heuwagens zur Wiese zu fahren, brachte mein Herz jedesmal leise zum Beben. Und da geschah es einmal bei einer solchen Fahrt, wir hielten uns beide am Bord der Ladebrücke, dass er seine braune Hand auf die meine legte. Sein Gelenk war mit einer weissen elastischen Binde umwunden, weil sich die Aufladearbeit für seinen Gelenke als zu streng erwiesen hatte. Ich blickte scheu auf seine Hand und den weissen Verband, fühlte darunter die meine, wohlig sich bergend.

Die Wochen verrauschten. Ich wusste nicht, wie mir geschah, obwohl beinahe nichts geschah, was man hätte erwähnen können. Doch, eines Sonntags – sein Abreisetag rückte schon in die Nähe – durfte ich Herbert in die Nachbargemeinde zur Kirche begleiten. Das war etwa eine gute halbe Stunde zum Gehen. Auf dem Heimweg bauten wir Luftschlösser. Wir stellten uns vor, wie es wäre, wenn ich ihn in Deutschland besuchte, was wir gemeinsam ansehen wollten, wie er mich zum Offiziersball führte, wie wir unter Kronleuchtern zusammen tanzten …

Am letzten Nachmittag vor seiner Abreise waren meine Eltern ausser Haus. Ich machte meine Schulaufgaben in der Stube. Herbert half mir dabei. Ein Gewitter zog herauf. Ich schloss die Läden, obwohl Herbert das nicht nötig fand. Wieder setzte ich mich an den Tisch hinter die Aufgaben. Doch mir war eigentlich nicht danach zu Mute. – Hinter geschlossenen Läden geschah es dann. Herbert küsste mich. Voll Verwunderung liess ich es geschehen. Mir war, als ob ich ein Geheimnis erlebte, das sich in eine ferne Zeit vorausschickte. Als Mal in meinem Herzen würde ich es dereinst wieder erkennen.

Ich war nicht zugegen, als Herbert abreiste. Meinen Eltern gab er für mich ein kleines Kartonetui mit Liebesgedichten deutscher Dichter, handgeschrieben, in sehr schöner Zierschrift. Auch ein Foto von ihm steckte im Umschlag. Dass wir uns schreiben würden, hatten wir an jenem Sonntag auf dem Kirchgang abgemacht.

Mir ist die Zeit, die danach folgte, nicht in Erinnerung geblieben. Ich weiss nur noch, dass ich bei meiner Freundin ein wenig mit meinem Liebeserlebnis prahlte und dabei ein ungutes Gefühl bekam. Ich hatte etwas weitererzählt, das sie ganz anders deutete – als etwas, über das man kichern konnte, das man tunlichst vor den Erwachsenen verbarg, weil es uns noch nicht zustand. Ich hatte mein Geheimnis verraten und vor allem Herbert, der mir etwas geschenkt, das weit über mein Alter hinauswies.

Zu den schönsten Liebesgeschichten gehört, dass sie nicht in Erfüllung gehen.

Ich bin nie zu Herbert gefahren. Mein Vater hat unsere Brieffreundschaft verboten, als ihm meine tiefen Gefühle durch ein zufälliges Ereignis klar wurden. Herbert unterzog sich dieser Anordnung ohne Widerstand. Und ich musste lernen, dass ich nicht einfach haben konnte, was mein Herz so sehr begehrte.

Zu meiner Konfirmation schickte mir Herbert ein Buch mit dem Titel «Ein Blatt aus sommerlichen Tagen», Novellen von Theodor Storm. Erst in späteren Jahren erkannte ich, dass es Liebesgeschichten waren, die alle unerfüllt endeten.

Mein eigenes «Blatt aus sommerlichen Tagen» weht bis heute zu mir herüber, unverwelkbar, wie nur die erste Liebe sein kann.

Lieber Heinz,

die vorstehende Geschichte steht in meinen Jugenderinnerungen, im Buch «Eine Kindheit lang». Wenn ich sie je wieder lese, bekomme ich dabei ein wenig Hühnerhaut. Die einstigen Bilder werden lebendig, die prickelnde Atmosphäre jener Sommerwochen kommt mir auf Schritt und Tritt entgegen.

Ich habe damals, als ich 1994 diese Geschichte für einen Wettbewerb bei der Zeitschrift «Annabelle» schrieb, weder daran gedacht, dass sie dereinst in mein Kindheitsbuch Eingang finden würde, noch in dieses, das ich im Begriff zu schreiben bin. Damals verführte mich einfach die Überschrift «Schreiben sie Ihre schönste Liebesgeschichte!» Ich sass auf dem Sessel im Coiffeursalon, blätterte in der Zeitschrift, stiess auf diesen Titel und aus war's mit der Ruhe.
Zu Hause suchte ich auf dem Estrich nach dem Tagebuch jenes Sommers 1948, dem Foto von Dir, den Gedichten, und den Briefen. Ich fand alles. Ich vergrub mich ins Tagebuch. Der Sommer lebte wieder auf – die Liebesgeschichte einer Vierzehnjährigen!

Für die Wettbewerbsgeschichte brauchte ich keine einzige Zeile aus dem Tagebuch. Ich schrieb sie aus dem Herzen heraus, mit allem, was sich mir über vierzig Jahre hinweg an Ereignissen, Stimmungen und Gefühlen erhalten hatte.
Die Geschichte bekam keinen Preis und damit auch keinen Platz in der Zeitschrift. Sie wartete auf etwas anderes als auf

die Veröffentlichung in einem Frauenblatt. Ich denke, das war gut so. Du würdest das sicherlich auch so sehen. Als ich etwa drei Jahre später das Buch über meine Kindheit begann, war klar, dass diese Sommergeschichte dort ihren Platz finden würde. An sie will ich mich halten, sollten beim Nochmals-Durchlaufen jenes Geschehens Schatten auftauchen, die den romantischen Duktus stören.

Ich erzähle dir jetzt, wie ich überhaupt auf die Idee dieses Buches gekommen bin.

Schon seit dem Frühling bin ich am Sachen-Verlesen auf dem Estrich, das ich mir wegen der Grossräumung im Herbst vorgenommen habe. Sie geht langsam und nur häppchenweise vonstatten. Es ist eben nicht abzuschätzen, was man sich mit dem Aufbewahren antut, Gutes oder eher Ballastanhäufung, die den Reiz von damals hat und von anderem überwachsen wird. Man kann sich im Damals nicht mehr erreichen. Ein muffiger Geruch steigt aus Karten, Briefen, Schulaufsätzen, Schulzeugnissen, Gratulationskarten. Ich habe nur punktuell hinein geschaut, gelesen und mit angehaltenem Atem und verhängter Seele das Vergangene dem Abfallsack übergeben.

Einen Fund allerdings habe ich gemacht, der niemals reif fürs Entsorgen wird. Ich habe dein Gedichtmäppchen, das ich seit Jahrzehnten vermisste, wieder gefunden. Es ist witzigerweise unter die Gratulationskarten gefallen! Für mich ist es ein unschätzbarer Fund. Deine Briefe gingen ja nicht verloren. Ich wusste immer, wo sie lagen. Aber ich habe sie nie wieder gelesen. Das würde ich irgendwann tun. Das gefundene

Gedichtmäppchen machte das «Blatt aus sommerlichen Tagen» wieder komplett.

Dabei wieder der Stachel, dass ich nie oder erst als es zu spät war, eine Begegnung mit dir suchte. Als ich gegen die Fünfzig schritt, überkam mich der Wunsch, mit dir in Verbindung zu treten. Ich spannte meinen Götti ein, der noch viele Jahre nach jenem Sommer mit dir in Verbindung stand und fragte ihn nach deiner Adresse. Seine Nachforschungen ergaben, dass du schon nicht mehr lebtest. Mit nur 63 Jahren bist du gestorben!

Weisst du noch, wie das Gedichtmäppchen ausgesehen hat? Der Sommer ist mit feinem Tuschstrich eingefangen und zart koloriert. Zwischen Blumen und verblühten Löwenzahnlichtern sind Ähren eingestreut. Frühling und Sommer in einem! Vier Doppelblätter mit Liebesgedichten von deutschen Dichtern in schöner Zierschrift, handgeschrieben (von dir?), stecken darin. Ich lese sie jetzt nicht. Das bleibt einer besonderen Stunde vorbehalten. Ich meine, dass ich die Gedichte auch damals nicht gelesen habe. Wahrscheinlich hätte ich deren Inhalt nicht erfasst. Jetzt aber bin ich gespannt, was du mir geschenkt hast.

Lieber Heinz,

unterdessen sind ein paar Tage vergangen. Ich habe die Gedichte gelesen. Es sind lauter Liebesgedichte. Die meisten stammen von Münchhausen. Einige sind mir nun doch bekannt

vorgekommen. *Wahrscheinlich habe ich sie damals doch gelesen und gefunden, dass sie für uns, für dich und mich, nicht
passen – oder noch nicht! Es sind zum Teil sehr romantische,
erotische Gedichte. Ich muss das Missverhältnis gespürt haben,
dieses Noch-Nicht! Und als dann deine Briefe nie einen Schim-
mer von dieser romantischen Liebe verrieten, bekamen die
Gedichte nicht jene Bedeutung, die ich ihnen gegeben hätte,
wenn wir ein Liebespaar gewesen wären. So vergrub ich sie bei
meinen Geheimakten, für später – das es dann nie gegeben
hat.*

*Zugleich mit den Gedichten fand ich die offene Postkarte, eben-
falls mit selbstgeschriebenem Spruch vorne drauf. Es war die
Antwort auf das Schreibverbot meines Vaters. Diese wenigen
Worte, sowie der Spruch, kamen mir wieder bekannt vor. Sie
waren in mein Herz gegraben. Ich weiss auch noch um den
Groll dabei. Ich fand dich feige, du tatest alles nur wegen mei-
ner Eltern, die die Tochter zu jung für eine Liebschaft hielten.
Was ich ihnen heute gut nachfühlen kann.*

Lieber Heinz,

*schon wieder eine Woche vorbei. Gestern hat bei mir ein Meteor
eingeschlagen! Ich bin immer noch benommen davon. Das
kam so: Ich sitze am Nachmittag am aufgeräumten Schreib-
tisch, unschlüssig was ich in Angriff nehmen soll. Da fällt der
Blick auf die im Bücherregal liegende, sechszig Jahre alte*

Papeteriehülle, die ich vor kurzem auf dem Estrich aufgestöbert hatte, mit den Briefen und dem Foto von dir. Auch die Briefe, die ich in jener Zeit mit meiner Basler Cousine ausgetauscht habe, liegen dabei. Deine Briefe wollte ich ja schon immer nochmals lesen. Also beginne ich die Briefe in eine zeitliche Abfolge zu bringen, überfliege diese und jene Passage, entdecke die farbigen Karten von Münster-(Westfalen), hinten ebenfalls wie ein Brief dicht beschrieben. Deine Schrift ist schwierig zu lesen, man muss etliches erraten. Aber es packt mich.

Was hatte ich da verpasst! Damals, so wenigstens meine Erinnerung, beglückten mich deine Briefe keineswegs. Ich erwartete Liebesbriefe – und du zeigst und erklärst mir deine Heimatstadt, schilderst die Nachwehen des zweiten Weltkriegs und berichtest von den Versuchen ihrer Bewältigung. Dein, wie ich fand, übertriebenes Interesse an unsern Familienmitgliedern, auch an den Verwandten die du kennen gelernt hattest, störte mich. Ich vermute – aber erst heute – dass du dich an unserer vermeintlich ‹heilen› oder wenigstens noch intakten Welt aufgerichtet hast, weil in Deutschland alles aus den Fugen geraten, ja, zum grössten Teil zerstört war.

Heute schäme ich mich meiner Egozentrik, die in ihrer Verliebtheit ausschliesslich nach Liebesbezeugungen gierte. Alles darum herum interessierte mich nicht.

Eine kleine Entschuldigung kann ich allerdings anbringen. Dein Abschiedsbriefchen, dein Foto und die Gedichte, wenn auch nicht von dir verfasst, so doch unverhohlene Liebesgedichte, liessen mich anderes erhoffen als das, was mir in deinen Briefen begegnete.

Was ich heute in deinen Briefen vorfinde, lässt mich sanft erbeben. So wichtig, so ernst hat mich ein Mann von bald dreissig Jahren genommen, ein Gebildeter, ein Fliegerhauptmann! Das beweisen deine Briefe überdeutlich. Diese Mühe die du dir machtest, mich in dein Leben einzubeziehen, indem du mir zeigtest, wie es bei euch draussen zu und her geht, aber auch, dass du von mir wissen wolltest, wie ich lebe, was ich erlebe und was ich denke.

So verwundert mich der gestrige Meteorit-Einschlag nicht. Ich habe dir Unrecht getan. Ich habe dein Geschenk nicht gesehen, geschweige denn gewürdigt! Deine Noblesse oder eher deine Zuneigung war mir zu wenig. Meiner romantischen Mädchenvorstellung von Liebe genügte das nicht.

Die Reaktion kam auch gleich: Diese Briefe sind würdig, veröffentlicht zu werden. Und ich will dir darauf aus dem Jetzt antworten. Die Ereignisse darum herum und wie ich alles erlebt habe, dafür öffne ich mein damaliges Tagebuch und lasse es dich lesen. So wirst du erfahren, wie kostbar mir das Erlebnis mit dir war und welche Geschehnisse uns damals auseinander brachten. Du warst ja so weit weg vom Geschütz (so würde mein Vater sagen) und hast einfach gespurt, was man dir vorgab.

Hast du dich damals je gefragt, wie es für mich war, mich in dieser Diskrepanz der Erlebnisse zurechtzufinden oder sie gar zu verstehen?

Das kann ich natürlich erst aus heutiger Sicht so fragen. Damals haben uns die Ereignisse hingerissen. Vielleicht nicht nur mich, sondern auch dich. Wie hast du dir denn das überhaupt vorgestellt? Du warst doppelt so alt wie ich. Ich Sekundarschülerin und du musstest dein Jurastudium noch beenden. Du wohntest zudem in einem andern Land, das gerade daran war, sich die Kriegsschrecken vom Hals zu schaffen.

Ich weiss, davon geben deine Briefe ein beredtes Zeugnis, du hast es dir edel vorgestellt. Wir würden eine Brieffreundschaft ohne jede Erotik pflegen, das Weitere würde sich dann von selbst ergeben. Was dann auch geschehen ist. Nur hast selbst du dir das wohl anders gewünscht.

Damit du dir ein Bild davon machen kannst, wie ich jenen Sommer erlebt habe, als du wie eine Sternschnuppe in unsere ländliche, gar hinterwäldnerische Idylle des Sommers 1948 einschlugst, lies jetzt das Tagebuch. Es beginnt mit dem Silvester 1948. Ich hielt Jahresrückschau, wie ich das auch die kommenden Silvester während des mitternächtlichen Marsches gegen Freihirten, meist in tiefem Schnee, noch viele Jahre getan habe. Die Glocken von Hauptwil läuteten das alte Jahr aus und das neue ein …

Silvester 1948

«Ich bin nun am Ende dieses spannenden Jahres. Ich stehe in der Nacht. Ringsum läuten die Glocken. Die Luft ist ganz

durchströmt von diesem Klang. In der Stube lacht unsere Familie mit den Verwandten vom Hoferberg …

Ich denke noch einmal zurück an dieses Jahr und werde alles aufschreiben … Zwischen hinein werde ich von der Gegenwart erzählen, weil ich nicht alles auf ein Mal schreiben kann …»

Zwischenkommentar: In diesem Silvestereintrag steht auch ein langes Gebet neben vielen romantischen Gedanken. Der Überschwang meiner Gefühle berührt mich heute peinlich – ich geniere mich, dass ich so war. Danach folgt ein sehr langer Eintrag. So ganz unvorbereitet war ich anscheinend doch nicht für das, was im Sommer dann geschah. Ich berichte von der ersten Verliebtheit, die ich anlässlich meiner Frühlingsferien bei Verwandten am Bodensee erlebte. Mit Verwunderung lese ich diese ehrlichen Schilderungen meiner ersten Liebeserfahrungen. Das überspringe ich jetzt.

«Sommer 1948 – Blütezeit meiner ersten Liebe.

Ich wusste, wir hatten einen deutschen Studenten für den Heuet zu uns verlangt. Eines Tages brachte ich von Freihirten (Ich holte unsere Post dort jeweils nach der Schule ab) einen Brief vom Eidgenössischen Arbeitsamt. Eine Ahnung beschlich mich, hier drin könnte das Formular für diesen Studenten sein. Glücklich fuhr ich nach Hause. Ein Gedanke regte sich in mir, ob der vielleicht Gefallen an mir haben könnte? Der ist doch so neu, einmal etwas ganz Fremdes. Oh diese Mädchenträume, sie nehmen kein Ende!

An einem Sonntag sagte Mutter: Heute kommt ja unser Student! Wir, Götti, Gotte und unsere ganze Familie standen nachmittags auf der Strasse und machten Fotos, als von Freihirten her eine grosse Gestalt mit Gepäckstücken sichtbar wurde. In mir, ach, was war das, regte sich eine unendliche Freude. Ein Student, wird er wohl schön sein? Werde ich ihm gefallen? Ach, ich eitler Tropf, ich Schwärmerin! Ich weiss nicht, was das war – vielleicht eine Vorahnung.

Auf einmal stand er im Kreise unserer Verwandten und der Familie und gab jedem die Hand. Ist er schön? Nein, nicht besonderes. Doch den ganzen Abend, solange er mit dem Vater politisierte, stand ich neben Vater und staunte den Studenten an. Warum eigentlich, wenn er doch nicht ‹besonders› war.

Während dem Nachtessen erzählte er vom Krieg. Es war furchtbar, aber spannend. Mitleid ergriff mich für diesen Menschen. Ich ging ins Bett und schlief tief und fest bis die Sommersonne den ersten Strahl auf mein Bett warf.

Mein erster Blick ging zum Fenster, wo gerade der Graswagen daherrumpelte. Hinterher schritt eine grosse Gestalt mit kurzen Hosen und einer Fliegerjacke. Das war also unser Heuer, Heinz Taprogge, der uns helfen sollte, unser Heu unter Dach zu bringen. Weil aber Taprogge so schwer zum Sagen war, durften wir alle «Herr Heinz» sagen.

Von links nach rechts: ich, Grossvater, Grossmutter, Heinz

Heinz hatte sich bald eingelebt. Und jeden Abend erzählte er uns vom Krieg. Anfangs interessierten mich diese Geschichten sehr. Dann aber – nach und nach – starrte ich nur noch in sein Gesicht, das schon so viel gesehen hatte und hörte nicht mehr auf das, was er erzählte.

Ein neuer Sonntag mit einigen Regenschauern kam herangeschritten. Ganz unerwartet tauchte, während Myrtha, Heinz und ich ein Buch durchblätterten, Nelly und ihre Freundin auf. (Nelly ist Mutters Gottekind.) Zuerst wurde ich wütend und aufgeregt. Heinz aber erwies sich den beiden «Damen» gegenüber als freundschaftlicher, gebildeter

Meine Mutter, Maja, meine kleine Schwester, Arthur, ein Heuer, Heinz und Grossvater

Kavalier. Wie immer spielten wir auch heute ein Karten-spiel.
Nach dem Abendessen tanzten wir. Denn Nelly tanzte gern und ich ebenfalls. Auch Heinz tanzte mit. Jede kam an die Reihe. Auch ich. Er tanzte anders als wir. Doch ich kam gut mit. Das eine war komisch, Heinz hielt mich beim Tanzen abwechselnd ganz weit von sich und dann wieder ganz nahe an seinem Körper. So gingen die Minuten dahin, und nichts Besonderes geschah.
Später bat uns Heinz um ein paar Schweizerlieder. So setzte sich der Besuch und die ganze Familie zusammen und wir sangen unsere Lieder. Fast wie ein Chor klang es durch die

Schon fast ein volles Heufuder. Links aussen ein «Kriegskind» aus Konstanz, das den Sommer bei uns verbrachte.

Stube. Die hohen und die tiefen Stimmen waren alle gut vertreten. Heinz liess nichts verlauten. Ruhig und ernst sass er am Tisch und horchte unsern heimatlichen Lobgesängen. Muss es einem nicht das Herz brechen, solche Lieder zu hören, wenn man selbst eine zerstörte Heimat hat? Aber Heinz ist stark, und er bewahrt trotzdem den Stolz für seine Heimat. Der Abend klang gemütlich und froh aus. Mir war, als hätte Heinz dieses warme, gemütliche Licht in unsere Stube getragen. Denn solch friedliche Stunden in unserer Familie waren selten und gingen rasch im Alltag unter. ‹Wie könnte man es schön haben, wenn ein Mensch Licht ins Familienleben hineinträgt!› durchfuhr es mich.

Am Dienstag den 1. Juni war mein Geburtstag. Auch Heinz schenkte mir etwas, ein paar Liebesgedichte in einem netten, gemalten Umschlag. ‹Du verstehst sie vielleicht erst später›, sagte er so nebenbei, als er sie mir überreichte. Ich las die Gedichte, doch ohne, dass sie mir zu Herzen gingen. Ich dachte auch nie daran, dass Heinz sie mir aus Liebe geschenkt haben könnte. Ich nahm sie einfach und bat ihn, eine Widmung hineinzusetzen.

Und nun muss ich endlich eine Beichte niederschreiben. Heinz hatte es immer so lustig mit Sophie, Myrtha, Arthur (ebenfalls ein Heuer), ach, mit allen, und mir war, nur mich möge er nicht. Ich wurde regelrecht eifersüchtig. So kam es, dass ich an einem heissen Sommernachmittag beim Aufladen eines Fuders meinen Kopf durchsetzte. Vater machte Fotos für Heinz zum Andenken. Da kochte es in mir: ‹Willst du von mir jetzt nichts wissen, brauchst du auch kein Foto auf dem ich drauf bin!› Ich stand während des Fotografierens hinter dem Heuwagen und kämpfte mit den Tränen, während die andern lachten. Nachher aber musste ich doch nach vorn. Ich machte Rechtsumkehrt mit meinem Rechen, und so bin ich auf dem Foto mit dem Rücken und zum Glück nicht mit meinem wütenden Gesicht. Es ist schrecklich, wenn man eifersüchtig ist. Mein Groll gegen Heinz war nicht Hass, es war im Grunde Liebe, aber ich konnte nicht verstehen, warum ich ihm so wenig bedeutete, da ich ihn doch so sehr mochte.

Abends fragte mich Heinz: ‹Warum liessest du dich nicht fotografieren?›

‹Das ist mein Geheimnis›, antwortete ich.

‹Das weiss ich aber morgens!›, entgegnete er lachend.

Von diesem Tag an wollte Heinz jeden Tag wissen, was mein Geheimnis war. Doch kein Wort kam über meine Lippen. Der Mut fehlte mir, ihm meine Schändlichkeit zu sagen, obwohl ich viele Male nah daran war, es ihm frei und offen zu sagen.

Eine Woche flog so dahin. Ausnahmsweise wurde auch am Sonntag gearbeitet. Man heute im Ebnet. Ich dicht hinter Heinz beim Heumahden machen. Dann meldet Myrtha den Besuch, der zu Hause eingetroffen sei. Mein einstiger Schwarm aus den Frühlingsferien war mit Tante M. vom Bodensee per Velo zu uns gekommen. Die alten Gefühle brachen wieder auf. Heinz muss das beobachtet haben. Es kam noch mehr Besuch. Man spazierte zum Horberweiher mit diesem. Später assen wir miteinander ‹Zoobet› und spielten nachher auf der Wiese Ball. Zuletzt versammelten sich alle unter der jungen Esche …

Als Mutter zum Znacht rief, brachen wir von unsern Sitzen auf. Und nun geschah etwas Merkwürdiges. Als wir von der Gartenbank zum Haus schritten, legte Heinz sachte seinen Arm um meine Schultern. Man sah es vielleicht, aber, es war für die andern nichts Besonderes. Beim Essen lachte mich Heinz immer an. Es war etwas anders geworden, als es bis jetzt zwischen uns war. Eine stille Freude erregte meine Seele: ‹Vielleicht geht mein Traum doch in Erfüllung!› Ich glaubte, auch nächste Woche werde nun alles anders sein. Aber, weit gefehlt! Heinz war so weit entfernt und fremd wie bis jetzt. Was hatte er nur gedacht, als er so tat, als seien wir uns näher gekommen?

Einige Tage darauf tummelten sich drei Mädchen und ein erwachsener Mann im Hüsliweiher. Das waren Ursel, (unser Ferienkind aus Konstanz), Myrtha, Heinz und ich. Heinz gab sich alle Mühe, uns schwimmen zu lehren. Doch mir fehlte auch hier der Mut. Ich schämte mich deswegen vor Heinz. So kam es, dass ich manchmal fast unterging, und ich musste mich dann fest an Heinz klammern. Als ich ihn einmal geängstigt um Hilfe bat, rettete er mich und drückte dabei seine Wange an meine. Mein Herz begann wieder neu zu lodern. Und heute, zum ersten Mal, spürte ich glühende Liebe zu Heinz.

Am Abend, als Vater seine Sachen für den Dienst rüstete, half ihm Heinz dabei. Ich strickte. Musik tönte aus dem Radio. Ich konnte meine Tränen fast nicht zurückhalten. Schweigend sass ich über meine Handarbeit gebückt. Meine Gedanken schwebten zum Weiher, und ich spürte wieder Heinz' Wange an der meinen. Mein Herz wollte zerspringen, und eine neue Kraft löste sich in mir, die ich bis jetzt nicht gekannt. Als wir allein in der Stube weilten, fragte Heinz anteilnehmend: ‹Gret, warum bist du so still?› Ich *gab keine Antwort. Er fuhr fort: ‹Sagst du mir denn nicht, warum du so traurig bist?›*

‹Nein.›

Er schaute mich bittend an, aber ich sagte nur: ‹Nein!› Ich ging hinaus und weinte heisse Tränen. Mutter sah das und sagte: ‹Der Vater hat es nicht gern, wenn du dich so benimmst! – War übrigens Heinz anständig als ihr beim Baden wart?› Ich war gekränkt. Also zweifelte man an Heinz' Reinheit! ‹Dass du so etwas fragen kannst?› entgegnete ich.

Am Abend, während des Nachtessens, beschloss Heinz nach Waldkirch in die Kirche zu gehen. Ich bot mich als Begleiterin an.

Im Bett sprach ich lange mit Ursula, mit der ich das Zimmer teilte, über die Liebe. ‹Weisst Ursula, ich sehne mich nach einer ernsten, grossen Liebe …› Das Fenster stand weit offen. Wir schwiegen und fanden endlich den Weg zum gesunden, tiefen Schlaf.

Am Sonntag früh, als die Sonne noch hinter dem Horizont weilte, schritt ich mit Heinz in den Morgen hinaus. Wir sprachen vom Beruf. Ich erzählte Heinz, wie gerne ich Aufsätze schreibe und dass ich sehr Freude an der Natur habe. Er hörte alles schweigend an. Ich erzählte frei aus meinem Herzen und legte kein Wort auf die Waagschale. Denn ich kannte Heinz nicht als strammen, stolzen Fliegerhauptmann in einem Bomber und nicht als zukünftigen Doktor jur., sondern einfach als jungen Menschen, der für alle ein Herz hatte – sonst hätte ich ihm nicht so viel von mir erzählt.

In Waldkirch war der Gottesdienst erst später. Ich war froh, denn sonst hätte ich mit Heinz in die Kirche gehen müssen, und alle hätten mich gesehen. Die katholische Kirche war mir sowieso fremd. Aber Heinz war eben katholisch. Wir gingen nur schnell hinein, standen eine kurze Weile hinten und betrachteten den Altar. Schweigend gingen wir wieder hinaus und nahmen den Rückweg unter die Füsse.

Heinz erzählte von Deutschlands Geschichte. Aber meine Ohren horchten nicht so recht hin. Ich weiss nur noch eines, das ich nie vergessen werde. Ich wusste nicht, dass auch Männer träumen können. Heinz begann sich vorzustellen, wie das wäre, wenn ich zu ihm auf Besuch käme …

‹Weisst Gret, wenn du einmal zu mir nach Deutschland kommst, musst du viel sehen. Dann gehen wir spazieren, und du sollst alles sehen. Du sollst mit mir durch ganz Deutschland reisen, auch ans Meer. Wir gehen dort baden, da könntest du besser schwimmen lernen … Wir gehen auf den Ball und du würdest mit mir tanzen und mit allen meinen Freunden …›

So träumte Heinz, und ich träumte mit und sah mich auf der Fahrt nach Deutschland, sah mich auf der Reise durch das grosse Land, sah mich mit Heinz im Meer tummeln und sah mich inmitten seiner Freunde. Ich glaubte, das alles werde dereinst wahr. Hat wohl auch Heinz daran geglaubt?

Ein wenig bitter lächelnd denke ich heute an jene Träumereien zurück. Heute muss ich sagen (es ist unterdessen 1949 geworden): So wie wir Luftschlösser bauten, so mussten wir sie wieder abbauen, als die grosse Wand zwischen uns hart und unerbittlich auftauchte.

Noch war Heinz bei uns und jener Waldkirch-Spaziergang hatte ein Nachspiel. Wir planten für den Nachmittag einen Gang zum Mühleli. Als wir den schwarzen Kaffee getrunken hatten, kam Grossvater und lud Heinz zu einem Spaziergang über den St. Pelagiberg ein. Selbstverständlich ging Heinz mit. Da war wieder meine hässliche Eifersucht. Ich hätte ja mitgehen können. Aber ich dachte keinen Moment daran. Man hatte mich ja auch nicht eingeladen … Eine Welle des Zorns fuhr in mich. Auf dem Geissbergbänklein weinte ich bittere Tränen. Ich schalt mich auch. Eigentlich war es mir ja recht geschehen, die Leute brauchten sich nicht nur um mich zu kümmern …

Als Heinz mit Grossvater heimkam, fragte er zuerst: ‹Warum bist du nicht mitgekommen?›

‹Mich hat niemand eingeladen, da blieb ich halt den ganzen Nachmittag allein, es war mir recht langweilig.›

‹Ich glaubte zwar, es sei selbstverständlich, dass du auch mitkämst.›

In meinem Missmut dachte ich: ‹Als ob ich zu dir gehörte und wenn du gehst, ich auch mitgehen müsste!›
Ich schäme mich ob solcher Gedanken.

Später sassen wir unter dem Trauereschenbäumchen. Plötzlich bemerkte ich, das Heinz immer Blätter vom Baum zerrte und die einzelnen kleinen Fliederblättchen langsam wegzerrte. Er sprach ganz mechanisch dazu: ‹Sie liebt mich, sie liebt mich nicht …› Ich merkte nicht, dass ich damit gemeint sein könnte und platzte heraus: ‹Auf so was kann man doch nicht gehen!›
‹Doch, probier es auch einmal!›
Und so nahm ich ein Blatt vom Baum und begann: ‹Er liebt mich, er liebt mich nicht› … bis das letzte Blättchen weggerupft war. Auch bei mir hiess es ‹er liebt mich!›, wie bei ihm, ‹sie liebt mich!› Lachend warf ich die Blätter zu Boden. Ursel und Myrtha hatten neben uns gesessen und dieses Spiel gesehen. Ich machte mir nichts daraus. Mich beschäftigte der missglückte Spaziergang viel mehr … Der Tag hatte mir so viel Neues gebracht. Und wieder würgte mich das, was ich Heinz schon längst hätte sagen sollen, nämlich, wie eifersüchtig ich bin, und dass ich es nicht mehr länger aushalte, wenn er sich so gegen mich benimmt. Wenn ich das ausgesprochen hätte, wäre die Wahrheit heraus gewesen, aber vielleicht der Bann zwischen uns gebrochen …
Es war genug für heute. Ich reichte nicht jedem die Hand zum Gute Nacht-Sagen wie sonst, sagte einfach ‹Gute Nacht miteinander› und verschwand …

Wenn sie in der Küche nicht so lustig gewesen wären, hätten sie mein Schluchzen aus dem Schlafzimmer gehört … Ich nahm mir fest vor, morgen Heinz die Wahrheit zu sagen. Lieber wollte ich auf seine Liebe verzichten, als noch länger in diesem Eisenpanzer zu stecken. Mit diesem festen Vorsatz schlief ich nach langem Gedanken-Wälzen ein.

Der Montag schlich heran. In der Schule wurde beschlossen, dass wir nachmittags baden gehen würden. Vor dem Mittag kam ich mit einer Gabel auf die Wiese. Heinz verhielt sich wortkarg. Endlich sagte er: ‹Warum hast du mir gestern Abend nicht die Hand gereicht? Warst du wütend wegen des Nachmittagsspaziergangs?›

‹Nein›, log ich, ‹ich dachte nur, bei so vielen Leuten müsse ich doch nicht allen die Hand geben, aber wenn du (‹du› ist durchgestrichen und darüber steht ‹sie›. Wir sagten alle ‹sie› zu Heinz) es wünschest, werde ich es in Zukunft tun›, vermerkte ich gleichgültig.

‹Wohin gehst du heute Nachmittag?›

‹Baden.›

‹Willst du nicht lieber hier bleiben?›

‹Ich überlege es mir noch.›

Ich begriff nicht, warum ich hier bleiben sollte. Ich entschloss mich aber, hier zu bleiben, weil ich merkte, dass es Heinz gern hätte. Warum, das erfuhr ich bald.

Als das Heufuder ins Tenn gefahren war, holte ich Most. Ich trank keinen. Heinz stand neben mir. Es war nur Ueli zugegen. Da – wie merkwürdig, Heinz hielt mir sein Glas an den Mund und sagte: ‹Trink!› Mechanisch trank ich einen Schluck. Ich dachte weiter nichts dabei. Erst als ich mich auf den Wagen setzte – es wurde nochmals ein Wagen Heu geholt – wurde mir etwas klar. Ich sass ziemlich weit von ihm entfernt auf der Ladebrücke, hielt mich mit den Händen am Wagenbord fest. Da legte Heinz seine Hand auf die meine. Wir schauten uns nicht an. Ich zog meine Hand nicht weg. Selig ruhte sie unter der seinen, und zum ersten Mal erwachte das leise Gefühl: ‹Heinz, lieben Sie mich vielleicht doch?›»

Lieber Heinz,

hier enden die Tagebucheinträge jenes Sommers. Das Ereignis, das sich hinter geschlossenen Läden abspielte, war unauslöschlich in meinem Gedächtnis eingegraben, auch ohne Tagebucheintrag. Und ich habe die Sommergeschichte ja erst im kommenden Jahr aufgeschrieben. Unterdessen war schon so viel Neues passiert, dass jenes tiefgreifende Geschehnis auf den Seelengrund absank und taufrisch auf den Moment des Hervorholens wartete, was nun in zwei Schüben geschah. Zuerst der Anstoss mit der «schönsten Liebesgeschichte» und jetzt das Eintauchen in die gut aufbewahrten Fakten, vor allem deinen Briefen!

Das hält mich mächtig auf Trab. Ich verfolge damit einen zwiefachen Auftrag: Dich zu Wort kommen lassen und meine Verfehlung, so es denn eine war, gut zu machen. Und das unter

dem Banner einer Liebesgeschichte, deren Erfüllung durch verschiedene Umstände vereitelt wurde. Das wird ein spannendes Hin und Her zwischen Lebensaltern und geschichtlichen Räumen. Gewordenes berührt das Einst. Ein Dialog im Monolog! So wirst du für mich nochmals gegenwärtig, so kann ich dir nochmals begegnen – jetzt als ältere Frau, die dich bereits um zehn Jahre überlebt hat.
Wie wird sich das anfühlen?

Heinz, ich habe begonnen! Ich arbeite fieberhaft. Knietief stecke ich im Verwirklichen dessen, was ich mir vorgenommen habe. Beim Lesen des Kindheitstagebuchs eile ich meist weit voraus, um abzuklären, was ich daraus übernehmen will. So ganz nur romantisch war diese Liebesgeschichte doch nicht, vor allem in ihrem zweiten Teil, als du wieder in deiner Heimat weiltest.

Erinnerungen täuschen, Zuordnungen von Details sind falsch. Bleibt die Tatsache, dass ich mich verliebt hatte, so wie das einem Teenager eben passiert. Ach, wie ist der Weg weit von den Verliebtheit zur Liebe! Wie leicht wechselt sich's von der vermeintlich Grossen Liebe zur wiederum nächsten Liebe. Wie schnell hat sich's ausgereizt. Es ist wirklich eher ein Schwärmen, wie man das früher gesagt hat. «Hast du schon wieder einen neuen Schwarm?» Das Wort ‹verliebt› brauchte man gar nicht.
Ich glaubte damals, das wäre Liebe. Ich wusste noch nichts von Zwischentönen, vom Werden und Reifen einer Liebe. Darum habe ich dich auch so schnell fallengelassen als von dir nichts mehr meine Liebesgefühle nährte und bin zum Nächs-

ten geschwärmt – zu einem nach dem andern! Das war auch gut so. Man kann die Entwicklungsstufen nicht überspringen.

Zurück zum Sommertagebuch, das das letzte so bedeutsame Ereignis verschweigt. Ist es gerade deshalb so unauslöschlich geblieben? Das ‹Mal in meinem Herzen›, wie ich es in der Titelgeschichte ausdrücke, hinterliess eine untilgbare Spur. Nun ist nochmals ein Aufruf gekommen, mich meiner ersten Liebesgeschichte anzunehmen, sie aufzurollen und mit Fakten aufzufüllen. Ich weiss natürlich, dass es dabei weniger um die Fakten geht, als darum, über die Fakten näher ans Geschehen, ans Ereignis heranzukommen. Das verstehst du als Anwalt noch besser als ich.
Ergründen lässt sich so etwas nie ganz, ausloten auch nicht. Also, wozu das alles? Es ist zudem längst verjährt!

Vielleicht kann ich darauf am Schluss dieses Tauchens in die Vergangenheit eine Antwort geben.

Jetzt aber lasse ich dich sprechen. Vor mir liegt dein Abschiedsbrief vom Sommer 1948. Vor genau 59 Jahren im Juni schriebst du:

Liebe Gret!

In einer Stunde werde ich das Haus verlassen und den Heimweg in ein noch unbestimmtes Schicksal antreten. Aber das Leben ist dazu da, gemeistert zu werden. Wir müssen der Pflicht und der Freude leben. Die Arbeit darf nicht um der Feier willen und der Mensch nicht um der Arbeit willen vergessen werden. Dieses ganze Menschsein ist das, was wir antreten müssen, denn wir sind aus Leib **und** Seele.

Du wirst in diesem Hause, was gut und glücklich ist, als die Älteste die Aufgabe haben Sonne zu sein. Diese Aufgabe kannst Du nur in engem Vertrauen mit Mutter und Vater lösen. Verschliesse Dich den Eltern nicht, sondern wachse unter ihrer Anleitung und unter ihren Augen. Mache ihnen Freude, wie Du auch mir Freude bereitet hast in den Tagen meines Besuches. Denke daran, dass zur Persönlichkeit nur der wird, der in Sauberkeit und Reinheit das Leben durchsteht, wie wir es besprochen haben in mancher schönen Stunde. Schaffe körperlich und geistig weiter, dass Du den Blick für die Welt und für die Sorgen und Nöte der Mitmenschen gewinnst. Der Weg dahin führt über die Unermüdlichkeit, die Unterordnung, Demut, gleichbleibender Liebe und urwüchsigem Frohsinn.

Ich verspreche Dir in der Stunde des Abschieds, von der mir lieb gewordenen Familie, Freund zu sein auch über die vielen hundert Kilometer der Trennung und werde Dir brieflich immer Helfer und Ratgeber sein, sooft du es wünschst.

Mit frohem und freundschaftlichem Gruss und meinem geliebten Fliegerruf ‹Horrido› bleibe ich der nie verzagende

Heinz

18. Juni 1948.

Liebe Gret!

In einer Stunde werde ich das Haus verlassen und den Heimweg in ein noch unbestimmtes Schicksal antreten. Aber das Leben ist dazu da gemeistert zu werden. Wir müssen der Pflicht und der Freude leben. Die Arbeit darf um der [...] willen und der Mensch um der Arbeit willen nicht vergessen werden. Dieses ganze Menschsein ist das, was wir ausleben müssen, denn wir sind aus Leib und Seele.

Du wirst in diesem Hause, was gut und glücklich ist, als die Ältere die Aufgabe haben Sonne zu sein. Diese Aufgabe kannst Du nur in engem Vertrauen mit Mutter und Vater lösen. Verschließe Dich

der Eltern nicht, sondern wachse unter ihrer
Anleitung und unter ihren Augen. Mache
Ihnen Freude, wie Du auch mir Freude bereitet
hast in den Tagen meines Besuches. Denke
daran dass die Persönlichkeit nur der wird,
der in Sauberkeit und Reinheit das Leben
durchsteht, wie wir es besprochen haben in
mancher schönen Stunde. Schaffe körperlich
und geistig weiter, dass Du den Blick
für die Welt und für die Sorgen und
Nöte der Mitmenschen gewinnst. Der Weg
dahin führt über die Unermüdlichkeit,
die Unterordnung, Demut, gleich bei beider
Liebe und unwürdigem Frohsinn.

Ich verspreche Dir in der Stunde des
Abschieds, von der mir liebgewordenen Familie,
Freund zu sein auch über die vielen hundert
Kilometer der Trennung und werde Dir
brieflich immer Helfer und Ratgeber sein
sooft Du es wünschst.

Mit frohen und freundschaftlichen
Grüssen und meinem geliebten Fliegergruß   Heinz.
„Horrido" bleibe ich der wie vorerwähnte

Lieber Heinz,

*wie gerne wüsste ich, was ich dir auf Deinen Abschiedsbrief geantwortet habe. Das werde ich nie wissen. Ich kann auch nicht mutmassen. Ich habe mir aber vorgenommen, deine Briefe **jetzt** zu beantworten, als Frau von über 70 Jahren! Ich schreibe auf, was mich jetzt bewegt, was ich jetzt denke, wenn ich deine Zeilen lese. Wenn ich auch nicht weiss, was ich zurückgeschrieben habe, so kann ich mir wenigstens vorzustellen versuchen, wie deine Worte auf mich gewirkt haben.*

Die Feierlichkeit des Brieftons ergreift mich auch heute noch. Der Rhythmus der Sprache kriecht unter die Haut. Du verbreitest eine grosse Ruhe und Sicherheit. Du belehrst mich, lehrst mich über das Leben. Du sagst es so, als ob ich das verstünde und mit dir einig ginge.
Dass ich als Älteste Sonne zu sein habe, müsste mich damals eher erschreckt haben, obwohl ich gut weiss, dass ich schon immer etwas Besonderes sein wollte. Meine Eltern hast du viel zu gut eingeschätzt. Hast du die Schatten nicht gesehen? Hast du nicht um die Leiden einer Pubertierenden gewusst und wie das Gräben zwischen Eltern und Kindern aufwirft? Du hast alles zu ideal gesehen! Eines wird mich aber damals schon gefreut haben, dass ich dir Freude gemacht habe während Deines Störshirter-Aufenthalts. Sicher freute ich mich auch über dein Angebot der Freundschaft, die über die riesige Entfernung hinweg weiterbestehen sollte. Und dein Fliegerruf vom ‹nie verzagenden Heinz' liess mich zu dir aufblicken als

einstigem Helden in der Luft und zu deinem tapferen Wieder-
Fuss-Fassen in der zerbombten Heimat.

Münster, 5. Juli 1948

Liebe Gret!

Heute ist Montag und die Woche beginnt wieder wie ein anstrengendes ‹Sechstagerennen.› Jeder Tag ist für sich eine Etappe, mal schwerer, mal leichter. Vor allem, weisst Du, die Bereifung ist in Deutschland sehr schlecht, sodass sich etliche Pannen einstellen können. Aber ich hatte zu Beginn der Woche heute einen glücklichen Start, denn als belebendes und gutes Vorzeichen bekam ich gleich zwei Briefe, von dir und von der Grossmutter. Hierin liegt nun wieder das Geheimnis, dass ich den an sich immer etwas müden Montag mit heller Freude begonnen habe. Ich muss Dir und der Grossmutter deshalb sofort danken für die lieben Worte und Erzählungen. Mit vielen Gedanken bin ich bei Euch und nehme Anteil an Eurem täglichen Leben. Du wirst es deshalb verstehen, wenn ich mich für alles interessiere und Dich bitte, mir eingehend von Euch zu berichten.

In der vergangenen Woche gab es für mich viel Arbeit und auch Erfolg. Es ist immer so im Leben, dass neben der Sorge – die Freude, neben dem Regen – die Sonne und neben dem mühsamen Berg – das ruhende Tal liegt.

Sicherlich wird das oft übersehen, aber wir müssen uns den Blick für die Schönheit und das Gefühl für die Ordnung der Schöpfung bewahren. Wenn uns das gelingt, dann werden wir Freude haben an allen kleinen Dingen, die so oft in überheblicher Weise vom Menschen als selbstverständlich hingenommen werden. Wenn es dich nicht langweilt, will ich Dir in kurzen Worten unsere Situation andeuten. Der Kampf ums tägliche Brot und um die Existenz ist uns bereits so Gewohnheit geworden, dass darüber kaum noch gesprochen wird. Gerade diese Frage birgt in sich die Möglichkeit einer grossen Chance für die Menschen der Jetztzeit! Wird dieser Kampf im innersten Wesen ein Gebet und bleibt nach aussen trotzdem ein Ringen und ein unermüdlicher Schaffensgeist, dann ist der Menschheit der Schlüssel gegeben, eine rechte Gesellschaftsschichtung wieder aufzubauen und zur Ordnung der Schöpfung zurückzukehren. Ich hoffe, dass der Funke ein Feuer des Begreifens und der Bereitwilligkeit entfacht. – Schwerer als die materielle Not lastet auf uns das Los der Kriegsgefangenen, die Blockade Berlin's und die Forderung nach allen deutschen Grenzgebieten. Ganz in unserer Nähe z. B. soll ein beträchtlicher Teil deutschen Landes an Holland abgetreten werden. Es ist manchmal schwer, alle Probleme an einem einzigen Tag überhaupt, wenn auch nur bruchstückweise, zu durchdenken. –

Und siehe, auch da bleibt die Freude nicht aus. Am Samstag kehrte ein guter Kamerad von mir zurück, der nunmehr 4 Jahre in Gefangenschaft gesessen hatte. Die

Mutter war krank vor Aufregung, zumal es auch der einzige Überlebende ist, denn seine beiden Brüder sind in Russland gefallen. Wir haben dann viele Stunden bis in die Nacht hinein erzählt und obwohl von vielen schweren Dingen gesprochen wurde, lagen doch die heiteren Ereignisse weiter im Vordergrund. Das Lachen war frei und unbeschwert, gerade so, als wollte man die Stunden der Beklemmung verlachen. Und das ist auch wirklich so. Wer Geist und Seele freihält von Angst und Furcht und wer sie nicht selbst widerstandslos macht durch Vergiftung, den kann die Not nur körperlich treffen und sie wird ihn seelisch nicht verwunden. Körperliche Wunden aber heilen schnell.

Nun, ich fürchte aber, Dich zu sehr mit den Problemen der Not vertraut zu machen und Dich damit zu belästigen. Und trotzdem liegt dort tiefstes Erleben und grösste Lehre. –

Im Moment lese ich noch zur Entspannung ein schönes Buch über das ich Dir berichten werde, sobald ich ein abschliessendes Urteil geben kann. Vor einigen Tagen fand ich eine nette Fotoserie, aus den Jahren da diese Stadt noch nicht in Trümmer war, auch davon werde ich Dir einen Einblick vermitteln. Zunächst muss ich nur die letzten zwei Wochen dieses Semesters zum Abschluss bringen, dann kann ich all das durchführen. In den Ferien werde ich meine Zelte bei meinen Eltern aufschlagen, sodass sich für diese Zeit meine Anschrift ändert. Die Ferien beginnen am 17. 7.

Wie ich in Zürich hörte, wirst du Deine Ferien vielleicht dort verbringen? Dann wirst du viel Möglichkeiten haben neue Dinge zu sehen, Eindrücke zu sammeln und zu lernen. Es werden gewiss frohe und schöne Tage, von denen ich ja auch einen Bericht zu erhalten hoffe. Solltest du den Zürchersee erstmals schwimmend durchquert haben, so bitte ich um telegraphische Nachricht! Und wenn du wirklich in ein Kino gehen solltest, dann überlege ganz scharf, was gut und was schlecht daran war. Ich würde mich freuen, auch in dieser Richtung mal eine Kritik von Dir zu hören. Weisst du, es ist immer so, dass sich das Kritikvermögen in jedem Menschen nur langsam heranbildet. Jeder muss da viel lernen und sich immer wieder bemühen. Zunächst wird es gesund sein, rein aus dem Gefühl zu urteilen. Dann aber heisst es aufpassen, ob nicht von aussen etwas Wesensfremdes und Unnatürliches in einen hineingedrängt werden soll. Bedenke bei allem, dass gerade der Film oft nur den Zweck hat, die Kassen zu füllen, während er eine so gute Gelegenheit wäre, Menschen zu belehren und zu erziehen. Der Geschmack des immer hastigen und oberflächlichen Stadtmenschen ist leider weitgehend auf billige und oft auch schmutzige Geschichten eingestellt. Ich hatte jetzt Gelegenheit einen äusserst guten Dokumentarfilm über das Leben des grossen Malers Rembrandt zu sehen. Es war ein wirkliches Kunstwerk und ein Zeichen dafür, dass der Film an sich eine grosse Aufgabe hat und sie auch erfüllen kann.

Was tust Du jetzt in der Schule? Was macht der Club?

(Handharmonika-Club Bischofszell) Was hast Du sonst an Kleinem und Schönem erlebt?

Ich muss gleich noch ein wenig arbeiten und will deshalb diesen Brief noch zur Post geben. Bleib gesund und froher Dinge, grüsse alle daheim und lasse wieder etwas von Dir hören.

Für den Brief aber sei nochmals bedankt und danke der Grossmutter auch schon, so bleibe ich mit herzlichen Grüssen

Heinz

Lieber Heinz,

was habe ich Dir wohl auf einen so langen, gescheiten, vielschichtigen Brief geantwortet?

Die vom Krieg hinterlassenen Zerstörungen und dadurch bedingten Aufbauarbeiten und deren Probleme dabei, das konnte ich mir ganz einfach nicht vorstellen, geschweige die menschlichen Schicksale, die hinter den nicht wieder heimgekehrten Männern und Söhnen standen. Wie sollte ich auch? In unserer vom Kriegsgeschehen nicht angetasteten Welt, ausser der Lebensmittelrationierung, lief alles seinen gewohnten Gang. Wir hatten nie Schmalhans-Küche bemerkt, und haushälterisch ist Mutter schon zuvor auf allen Ebenen gewesen.

Ich bin auch sicher, dass ich Deine Lebensphilosophie nicht verstanden habe. Du vermochtest dem Kampf ums tägliche Brot und vieles andere mehr, etwas Positives, eine Chance abzugewinnen. So ein Satz wie, «Wird dieser Kampf im innersten Wesen ein Gebet und bleibt ein unermüdlicher Schaffensgeist, dann ist der Menschheit der Schlüssel gegeben, eine rechte Gesellschaftsordnung wieder aufzubauen … Ich hoffe, dass der Funke ein Feuer des Begreifens und der Bereitwilligkeit entfacht.» Du erwähnst das Los der Kriegsgefangenen, durftest die Rückkehr eines Kameraden erleben. Deine Freude sprüht. Die Gespräche mit diesem hart Betroffenen und nun Befreiten münden ins Heitere, ins freie Lachen, ins Verlachen der Beklemmung.

Du preist die Unverwundbarkeit von Geist und Seele. Wer es vermag, sie von Angst, Furcht und Vergiftung freizuhalten, den kann die Not nur körperlich treffen. «Körperliche Wunden heilen schnell.» «In der Not liegt tiefstes Erleben und die grösste Lehre.»

Hohe Ideale, erhabene Gesinnung!

Hast Du mit meinem Verstehen gerechnet? Dachtest du, dass ich es dereinst verstehen würde? In einem langen Leben ist das auch geschehen. Die sich einstellenden Nöte nehme ich aber bis jetzt nicht demütig hin. Wenn sich später ihr Gewinn erschliesst, bin ich dankbar, dass ich daran gewachsen bin.

Der Spass mit dem Überqueren des Zürchersees, brachte mich zum Schmunzeln. Echt Heinz! Gret, die ängstliche, unkundige Schwimmerin am Ufer des Horberweihers überquert den «Zürisee!» Ein herrliches Bild! Bis heute hat es von seiner Unerfüllbarkeit kein Jota eingebüsst!

Dein sehr langer, handgeschriebener Brief auf einem gehäuselten A-4-Doppelbogen, eng beschrieben, rührt mich zu tiefst. Wie hast du dir Mühe gegeben, nein, wie war es dir eine Herzensangelegenheit, ausführlich zu berichten, mich in deine Welt einzubeziehen, ohne zu werweissen, ob ich ich es nachvollziehen kann. Du nahmst mich sehr ernst, weit über mein Alter hinaus. Warum hast du das getan? Warum war ich dir so wichtig?

Damals wusste ich deine Worte nicht zu würdigen. Ich meine mich zu erinnern, wie gespannt ich war auf diesen ersten Brief aus deiner Heimat! Ich erwartete natürlich einen Liebesbrief oder etwas in dieser Art. Die Enttäuschung war gross. Vergebens suchte ich nach einem einzigen Satz in dieser Richtung. Eine kleine Wut packte mich. Ich verstand die Welt nicht mehr. Ich fühlte mich in meinen Gefühlen betrogen, abgewiesen. Darüber hinweg halfen alle edlen Lebensansichten deinerseits nicht.

Heute denke ich, du hast erst im Nachhinein die Problematik dieser Freundschaft, die du mir zugesichert hast, erkannt. Auch musstest du dich ja mit meinen Eltern im Einklang wissen, du, dem der Gehorsam und das Aufwachsen unter ihren Augen so wichtig war! Ein vorprogrammierter und unlösbarer Konflikt. Aber ich greife vor. Ich greife auch weit voraus, wenn ich sage, ohne diesen Konflikt, ohne die Unvereinbarkeit der Umstände und ohne das Erwecken meiner Liebesgefühle wäre nie «Ein Blatt aus sommerlichen Tagen» entstanden, würde ich mich auch heute nicht daran machen, eine Rückschau zu halten.

So fahre ich nun fort, unbeirrt dieses Stück Vergangenheit zu durchschiffen. Es ist eine wahrhaft sommerliche Fahrt! Brise, Wellengang, ein fieberndes den Ereignissen-Entgegenfahren.

1. August 1948

Liebe Gret!

Heute ist es Sonntag und die Sonne meint es nach langen Regenwochen so gut mit uns, dass man fast zerläuft. Wenn ich jetzt in Störshirten wäre, würden wir sicher im Weiher schwimmen. In dieser Woche habe ich mir diesen Luxus schon zweimal trotz aller Arbeit geleistet. Die Stadt ist hier nämlich von zwei mittleren Flüssen umgeben. Gewöhnlich nehme ich mir ein Buch mit, und wenn es dann zu toll wird und das Gehirn langsam zu streiken beginnt, springe ich in die Fluten. Ich kann mir denken, dass die Sonne für den zweiten Heuschnitt willkommen ist. Zu gerne würde ich Euch wieder helfen, aber das Gesetz der Pflicht bindet mich an meinen Aufgabenkreis. Die grossen Semesterferien verlangen in erster Linie eine ernste Beschäftigung mit dem Studium und nebenbei läuft der Kampf um die Existenz weiter. Im Hause der Eltern gab es allerhand Arbeit, die für mich liegengeblieben war. Der Winter ist zwar noch weit entfernt, aber die Situation der Not verlangt Vorsorge auf lange Sicht. Die Finanzierung macht uns im Augenblick viel Kopfzerbrechen, denn zu unserm Geldverlust und dem Mangel an allen Dingen, die zum Leben gehören, hat sich eine ungewöhnliche Preissteigerung gesellt.

Es mag Dir all das etwas Unverständliches sein, aber es kommt für Dich nicht so sehr darauf an, worum es geht, als zu wissen, wie sich unser und damit auch mein Alltag gestaltet. Alles in Allem, es ist eine Zerrissenheit, es ist noch kein Neuaufbau, sondern ein Flicken. Hoffentlich gibt man uns die Zügel bald wieder selbst in die Hand, dann wird auch der Karren aus dem Dreck gezogen.

Ich hatte schon in der Woche die Absicht zu schreiben, aber da reichte die Zeit nicht aus. Heute zum Sonntag ist Ruhe. Die Eltern ruhen aus und die Schwester ist an den grossen Stausee gefahren, um sich zu sonnen und im Wasser zu tummeln. Die Strassen sind still und leer, alle Menschen haben die Stadt verlassen. Aus der Umgebung höre ich vom Radio die Klänge einer Beethovenschen Symphonie und ansonsten tickt nur eine alte Uhr. Auch darin liegt ein Sinn, ein ständiges Mahnen, dass die Zeit vergeht und deshalb gestaltet werden will. In diesen Tagen bin ich an manchem Abend im Kreise junger Menschen gewesen und habe über die gegenwärtigen Ereignisse und die daraus folgenden Konsequenzen gesprochen. Wir stossen immer nur auf eine Lösung: «Ausbildung des Geistes und des Charakters durch Selbsterziehung, Anforderungen an das eigene Leben stellen. Der zweite Punkt zur Ueberwindung der Krise aber heisst Arbeit.»

Im Augenblick aber ist unsere Arbeit noch die von Sklaven, ohne Selbstbestimmung.

An schönen Dingen erlebte ich nebenher einige wertvolle Bücher, so u.a. von Dostojewski, einem vorzüglichen russischen Schriftsteller. Düster und schwermütig, mit feiner Schilderung. Als Gegenstück sah ich im Film «Cäsar und Kleopatra» nach G.B. Shaw. Kritisch und spritzig geschrieben, wie Shaw überhaupt einer der geistvollsten Dramatiker ist. Leider ist aber auch dieser Film nicht frei von englischer Selbstüberheblichkeit und politischer Tendenz.
Dagegen sprach mich ein Film amerikanischer Herkunft sehr positiv an. Er war im Gegensatz zu der sonst oberflächlichen amerikanischen Ader sehr gut. Du siehst, in jeder Weise versuchen wir das Antlitz dieser Welt und der Menschen zu erkunden. Die düsteren Wolken in diesen sonnenüberfluteten Tagen sind die Lage in Berlin und ein schweres Explosionsunglück in Ludwigshafen. Nicht so sehr die Tatsachen bedrücken uns, da wir an Opfer noch gewöhnt sind, als viel mehr die Hintergründe, die unter dem Motto des Friedens und der weissen Taube der UNO stehen.

Nun liebe Gret sei es genug von hier. Dein Bericht von Winterthur hat mir viel Freude bereitet. Ich hoffe bald wieder einen Bericht von Dir und Deiner Umgebung zu erhalten. Wir wollen die Sonnenseite des Lebens suchen, der Schatten bleibt ohnehin nicht aus. Gemeinsam müssen wir handeln gemäss dem Leitspruch meines Soldatenlebens:

«Wenn einer von uns zweifeln sollt, der andere gläubig lacht.
Wenn einer von uns schlafen sollt, der andere für ihn wacht.
Wenn einer von uns fallen sollt, der andere steht für zwei.
Denn jedem Kämpfer gab ‹Der Gott› den Kameraden bei.»

In diesem Sinne wollen wir glauben, hoffen und lieben, dann bleibt das Lachen auf den Lippen und der Aerger flieht dem Lied. Sei gegrüsst und grüsse alle daheim und Störshirten

Heinz

Lieber Heinz

dein zweiter Brief ist sicher nicht mehr mit so viel Spannung erwartet worden. Nun war ja klar, dass alles anders war als ich erwartet hatte. Ähnlich ist es mir auch jetzt ergangen. Ich weiss nun die Spur, die du mit mir fahren wirst. Du berichtest mir weiterhin fast ausschliesslich von deinem Leben inmitten der Aufbauschwierigkeiten in euerm Land und vom unermüdlichen Einsatz an allen dir aufgetragenen Fronten. Deine Zuversicht, dein Einsatz und wie du die Dinge siehst, ringen mir jegliche Bewunderung ab!

Ich staune auch – und das bist wiederum ganz du – dass du selbst bei solch schwierigen, zermürbenden Zeiten noch eine Antenne für Kultur hast, für Literatur, Film, Musik, du nimmst Stimmungen wahr und schreibst sie nieder: «Die Strassen sind still und leer, alle Menschen haben die Stadt verlassen. Aus der Umgebung höre ich vom Radio die Klänge einer Beethoven-Symphonie und ansonsten tickt nur eine alte Uhr.» Du bettest dich in die Sonntagsstille und den Sonntagsfrieden ein. Wie könnte es anders sein, da kommen die philosophischen Gedanken wie von selbst. Da wird die alte Uhr zum Symbol für die Zeit, die vergeht und «gestaltet werden will.»

Das bleibt bei dir nicht leere Floskel. Du besprichst die Probleme eurer Lage mit jungen Menschen, und ihr sucht und findet Antworten die, wie mir scheint, auch im normalen Leben ihre Früchte tragen: «Ausbildung des Geistes und des Charakters durch Selbsterziehung … und Überwindung der Krise durch Arbeit.»

Weisst du, dass ich auch einen Hang zum Philosophieren habe? Und zwar schon als Vierzehnjährige. Das bescheinigt mir mein damaliges Tagebuch. Natürlich war es ein kindliches Philosophieren, ein sentimentales auch. Ich habe schon früh über das Leben nachgedacht. Ich habe so vieles nicht verstanden, was um mich herum passiert ist. Noch weniger habe ich mich selbst verstanden, vor allem als ich, wie man heute sagt, in die Pubertät gekommen bin. Ich fiel gleichsam zwischen die

Stühle. Vieles gefiel mir nicht an den Erwachsenen. Ich gehörte noch nicht zu ihnen und zu den Schulkameraden passte ich irgendwie auch nicht – wollte die Blume unter den Salatköpfen sein (steht so in meinem Sekundarschultagebuch) und wollte gleichzeitig dazugehören. Das verführte mich ja zu der Episode mit dem Verrat an dem schönen Erlebnis mit dir, wie ich es in der Sommergeschichte erzählt habe. Dazugehören hat meist seinen Preis. Als in deinen Briefen des Öftern von Sauberkeit, Reinheit und dem Nichtwerden wie die Vielen stand, hatte ich jedes Mal ein schlechtes Gewissen – als ob du es geahnt hättest, dass ich hierin versuchbar bin.

Das Philosophieren packte mich in allen Lebensstationen. Über die Dinge und die Geschehnisse nachdenken, war mir Richtung, Verarbeitung und Wegsuche. Philosophie ist ja die Geschichte des Denkens der Menschheit. Ich könnte mein Denken durch die Lebensalter hindurch auflisten als Geschichte meines Denkens. Das gäbe einen Extra-Brief oder ein Extra-Buch. Ich denke aber eher, dass ich zwischendurch mal dies und jenes von meiner Lebensphilosophie einstreuen werde. Für heute nur soviel: Wie man denkt, so packt man das Leben an, so urteilt man, so deutet man die Geschehnisse, so meistert man sie oder eben nicht.

Heinz, Du berichtest von schönen Dingen, die bei dir nebenhergehen, von Literatur und Filmen. Damals wusste ich noch nichts von den grossen deutschen Dichtern, ausser vielleicht von Goethe. Schillers «Jungfrau von Orleans» begegnete ich erst am Ende meiner Sekundarschulzeit anlässlich einer Schüleraufführung im Stadttheater St. Gallen. Dostojewskij und G.B. Shaw dürften in die Seminarzeit fallen. Ich konnte dir hierin kein Jota folgen, nur vermuten, dass das grosse Literatur für studierte Leute sei. Ich selbst las wohl eher Helene Christaller und Courths-Mahler, also süffige Trivialliteratur. Unsere Schweizerliteratur von höherem Niveau stand bei Vaters Büchern, vertreten mit Jeremias Gotthelf und Alfred Huggenberger, sie interessierten mich nicht, ich fand sie langatmig und uninteressant.

Beim Film kann ich ein ganz klein wenig mitreden. Es gibt ein Ereignis, das mir über all die Jahre hinweg geblieben ist. Es fällt in das Jahr nach deinem Schweizeraufenthalt. Ein Zeitungsausschnitt vom Schlösschen Nohant liess vor ein paar Jahren die alte Leidenschaft für Frédéric Chopin wieder aufleben. Sie wurde einst geweckt durch den Film über das Leben von Chopin, den ich zusammen mit einer Sekundarschulfreundin in St. Gallen sah. Daraufhin schrieb ich einen langen Essay, der auf diesen Filmbesuch Bezug nimmt. Hier einige Passagen daraus:

«Wir werden im Bummelzüglein in die nahe Stadt gerüttelt. Es ist dort Jahrmarkt. Ein viel grösserer als derjenige in unserm Städtchen. Wir schlendern durchs Marktgewühl, besuchen keine Bude und kaufen nichts von den verlockenden Jahrmarktangeboten. Unser Jahrmarktvergnügen wird ein Kinofilm sein, von dem meine Freundin Esther schwärmte. Schon im Zug klärte sie mich darüber auf. Ein fantastischer Film sei das, das Leben des Frédéric Chopin. Meine Freundin spielte schon *jahrelang Klavier und hatte eine ganz andere Kenntnis von der klassischen Musik als ich mit meiner Akkordeonliteratur. Immerhin, die Begegnung von unlängst mit Hilda, der Tochter der Hutmacherin, die so vorzüglich Chopin spielte, kam mir von statten. Hilda spielte für meine Begriffe meisterhaft Chopin. Diese wuchtige Klaviermusik imponierte mir, traf etwas in mir, das ganz tief sass, zu dem ich eine Verwandtschaft spürte.*

Und nun sollte ich das Leben dieses polnischen Komponisten auf der Leinwand kennen lernen! Das war im Jahre 1948. Damals pflegten die Filmschaffenden in noch sentimentalerer Weise eine Lebensgeschichte auf die Leinwand zu bringen als heute. Gebannt sass auch ich vor den Bildern, vergass alles um mich herum, auch meine Freundin. Ich lebte mit dem jungen, schönen, fremden Mann, ausgestattet mit hoher musikalischer Begabung, der bei Ausbruch der Revolution von Warschau nach Paris flüchtete. Dort lernte er das feine Leben in den Salons der Reichen und der Künstler kennen. Weitgefächerte Beziehungen bahnen sich an. Auch Beziehungen zu Frauen. Klar bei einem so faszinierenden, jungen, aufstrebenden Musiker. Und irgend einmal die grosse Liebe! Nicht zu einer besonders schönen Frau. George Sand war eine aussergewöhnliche Frau, was ihre geistigen Fähigkeiten wie auch ihr äusseres Erscheinen betraf. Die Schriftstellerin in Männerkleidern. Heute würde man sagen, eine Feministin mit romantischen Zügen, mit dem Mut gegen das Herkömmliche zu leben und zu schreiben. Bald schon wird Chopin krank. Die ersten Anzeichen von Tuberkulose. George Sand verhilft ihrem Freund zu einem Aufenthalt auf der Insel Mallorca, in einem Kloster oberhalb der Meeres-

küste, wo Tag und Nacht die Wellen mit krachender Wucht an die Felsen schlagen. Dort haust das Liebespaar.

Aus diesen Tagen mögen jene Bilder des Films stammen, die mir wegen der geballten Romantik so sehr unter die Haut gegangen sind: Es regnet in Strömen auf das Kloster. Chopin spielt Klavier. Seine Freundin ist ausgegangen. Als sie heimkommt, ist er ganz verzweifelt. Er spielt ihr weinend das eben komponierte Stück vor.

Und das andere Bild: Als sie wieder in Paris sind, spielt der befrackte Chopin im zum Bersten gefüllten Konzertsaal vor illusterem Publikum. Vorerst geht alles gut, obwohl man weiss, dass Chopin krank ist. Er greift mächtig in die Tasten. Das Genie gibt sein Bestes. Die Spannung, ob er diese Anstrengung durchhält, ist beinahe greifbar. Sie spitzt sich zu. Plötzlich tropft Blut aus seiner Nase auf die Tasten des Flügels. Er spielt weiter … Ich weiss den Schluss nicht mehr. Die Blutspritzer auf den weissen Tasten, das Nicht-Aufgeben bis zum bitteren Ende, das machte mir ungeheuren Eindruck. Das war für mich Romantik pur. Diese brachte mein Gemüt in Wallung und meine Tränen zum Fliessen …»

Soviel zu meinem romantischen Erleben dieses Films. Ich habe damit Einstand in die klassische Musik genommen, die im Seminar ihren Fortgang fand. Dazu nochmals eine Passage aus dem Essay:

»Ich besuchte während der Seminarzeit ein Konzert in Konstanz. Clara Haskil spielte im Konzilsaal das F-moll Klavierkonzert von Chopin. Ich weiss nicht einmal mehr, mit wem ich

hingegangen bin. Ich weiss aber noch bis heute, welchen Ein-
druck diese Musik auf mich gemacht hat. Alles stimmte. Clara
Haskil galt als Korryphäe des Klavierspiels. Ihr Fluidum und ihr
meisterhaftes, ja geniales Können brachte Chopins Musik vor
meine Seele. Ich liess sie ein und erbebte. Das ist mir in dieser
Weise nur noch einmal in meinen jungen Jahren geschehen –
damals als ich mit meinem Freund im Kreuzlinger ‹Löwensaal›
sass und das Gewandhausorchester Leipzig unter Günther Ra-
min hörte. Sie spielten J. S. Bachs ‹Air› aus der D-dur Orchester-
suite. Entrückt sass ich da, berührt von einem Mysterium, das
nur Musik auf diese wundervolle Weise zu vermitteln vermag.»

Du siehst Heinz, wie so ganz anders ein pubertierendes Mäd-
chen einen Film erlebt. Es fällt auf alle Tricks der Filmemacher
herein, die an das romantische Gefühl appellieren. Und das gar
bei mir, der Erbin von Vaters hohen Idealen und romantisch
überzogenen Lebenserwartungen.

Am Schluss des ersten Teils jenes Essays steht: «Mein Hang zum
Romantischen ist immer noch allgegenwärtig. Keine Desillu-
sionierung, keine Enttäuschung, keine tapfere, realistische
Lebensaufgabe hat ihn zu zerstören vermocht. In diesen ab-
getauchten Kinobildern liegt konzentrierte Romantik, die nur
darauf wartete, wieder lebendig zu werden».

Dein Brief schliesst mit einem Soldatenspruch, der für den Krieg
gilt. Gilt er auch im gewöhnlichen Leben? Ich fühle mich heute wie
damals damit überfordert, zumindest in dieser ‹kriegerischen›

Ausdrucksform. Meine heutige Lebensphilosophie sagt mir, dass es Dinge im Leben durchzustehen gibt, die wir mit keinem ‹Kameraden› teilen können.

Bleibt Glaube, Liebe, Hoffnung, damit das ‹Lachen auf den Lippen› nicht stirbt und ‹der Ärger dem Lied flieht!›

Zum Glück habe ich damals noch nicht gewusst, wie schwer es sich mit diesen Dingen verhält!

Jetzt, Heinz, stehen zwei Ansichtskarten-Serien von je vier Karten über Münster-Westfalen an. Hinten drauf steht der Brieftext in noch kleinerer Schrift als sonst. Die erste Serie zeigt den Prinzipalmarkt/Lamberti-Kirche – Das Rathaus – Am Prinzipalmarkt und Am Buddenturm. Es sind farbige Karten, die den Charakter einer alten, ehrwürdigen, deutschen Stadt aufs Beste wiedergeben. Nun will ich aber diese Kartenpost lesen, um den Brief schreiben zu können.

8. 8. 1948

Liebe Gret!

Um dir eine Vorstellung zu geben von meiner Heimat, will ich beginnen eine Kartenserie zu schicken, die Dir zeigen soll, wie es bei uns früher ausgeschaut hat. Es war schon eine saubere und städtebaulich wertvolle Stadt. Heute ist sie 80 % in Trümmer. Nun versuche Dich in unsere Welt hineinzudenken, indem Du an meine Erzählungen und Berichte denkst. Denke daran, dass viele

55

Portrait von Heinz

Münster/Westfalen

Denkmal der Annette von Droste-Hülshoff, im Park Kreuzschanze

Stürme über dieses Land gingen zu einer Zeit, als man die Einteilung in Nationen noch nicht kannte. Stürme die der Fortentwicklung der Welt in dem Masse entsprachen, wie etwa der letzte Krieg dem Zeitalter unserer Technik entsprochen hat. Im grossen geschmückten Saal, der ein Kunstwerk der Holzbildhauerei ist, wurde vor 300 Jahren, also 1648 der westfälische Frieden zur Beendigung des 30-jährigen Krieges geschlossen. Von Skandinavien bis weit hinunter zu Euch waren die Stämme im Streit. Die Menschen litten, obwohl jeder einzelne Frieden wollte. Sieh Dir dieses Rathaus an, das heute bis auf die Grundmauern zerstört ist. Es war ein Musterbeispiel der Baukunst im Zeitalter der Renaissance, oder schau auf

Das Schloss in Münster/Westfalen

die hochragende Lambertikirche, deren kühner, gotischer Turm heute, zwar schwer beschädigt, aber immer noch sein stolzes Angesicht als Mahner erhebt. Sieh die Bauart der Häuser mit der graden Linienführung, der unterbrochenen Stockwerke als Charakteristikum eben des Renaissancezeitalters. Sieh auch die treppenförmige Giebelgestaltung oder den vorherrschenden Spitzbogen des gotischen Zeitalters gleich, ob in Fenster oder Wandelgang gebaut.

Der Säulengang ist ein Ausfluss der Zeit der Hanse. Es ist etwas Patrizierhaftes in dieser Haltung. Und die stark konservative Haltung der Menschen dieser Gegend ist dazu übergegangen, die ersten Neubauten wieder diesem Stil anzupassen. Das alles und vieles mehr ist das Bild einer Stadt, die Mittelpunkt einer weiten Ebene ist. Inmitten des fruchtbaren Landes der Wasserburgen wurde sie erbaut als Treffpunkt der Menschen aus dieser etwas schwermütigen Gegend. Die bauliche Entwicklung durcheilte mehrere Entwicklungsstufen, wie Du auf den einzelnen Karten erblicken wirst. So findest du selbstverständlich die Einflüsse des feudalen Herrschertums, vor allem der Kirche im Ausdruck der wuchtigen Barockbauten neben den himmelanstrebenden gotischen Gebäuden, als Wahrzeichen des nie ruhenden deutschen Geistes und den Turm aus der ehemaligen Stadtmauer als Zeichen deutscher Wehrhaftigkeit. Moderne steht neben deutschem Mittelalter und Bürgertum neben Herrscherbauten. Eine Stadt, die Geschichte hat.

Ich hoffe, dass Dich das alles ein wenig interessiert und biete es Dir dar als Dank für die Tatsache, dass ich Euer Land und seine Kultur schauen durfte. In einigen weiteren Bildern werde ich Dir einen Einblick geben in einige schöne Flecken dieser Stadt, die auch etwas verraten von der Nähe des niederländischen Nachbarn. Dieser sonntägliche Gruss heute soll Dir ein Bild von der Stadt überhaupt geben. Später hoffe ich dann ähnliche Berichte über Städte geben zu können, in denen ich geboren und aufgewachsen bin, leben musste und jetzt noch lebe.
Dir und allen daheim viele frohe Grüsse, Deinen Eltern

Dank für die reizende Karte von ihrer herrlichen Tour, bleibe ich in froher Erinnerung immer der alte, Heinz.

Lieber Heinz,

*ich habe mir viel Mühe gegeben, deine kleine Schrift auf den Karten zu entziffern. Ich denke, erstmals sind diese Bilder Deiner Heimatstadt überhaupt von mir wahrgenommen worden. Sicher konnte ich die Schrift damals nur schlecht, wenn überhaupt, lesen. Und, verzeih, wahrscheinlich hat mich deine Stadtführung mit geschichtlichem und baustilkundlichem Hintergrund auch gar nicht interessiert. Das war alles viel zu weit von mir entfernt, und ich konnte dich und deine Stadt nicht zusammenbringen. Ich kannte dich nur als den, der du bei uns warst. Letztlich haben mich nicht einmal so sehr deine Kriegserlebnisse und deine Herkunft interessiert, als vielmehr das, wie du mir als Mensch, als Mann begegnet bist, und was ich auf Grund dessen in dir sah. Schlimmer oder verhängnisvoller wurde aber, was ich in dir sehen **wollte!** Und genau das hast du nicht einbezogen in deine kleinen, edlen Liebesbezeugungen.*

So wurde der Briefwechsel wohl eher zum Spagat. Wir bewegten uns je auf unterschiedlichem Parkett. Und wieder wüsste ich gerne, wie und was ich auf deine Briefe geantwortet habe!

Aus dem Dunkel jener Zeit steigt ein ungutes Gefühl herauf, auch im Hinblick auf diese zwei Kartenserien. Ich meine mich traurig über die Bilder gebeugt zu haben, nur fetzenweise den Text dazu entziffernd und es schliesslich aufgegeben zu haben. Auch die Bilder rührten mich nicht an. Zu diesem Heinz hatte ich keinen Bezug! Dabei hast du gerade das herstellen wollen, indem du mich an deiner Hand durch Deine Stadt führtest, so wie wir auf jenem Sonntagsspaziergang nach Waldkirch fantasiert haben, wie es sein würde, wenn ich dich besuchen komme.

Wenn unsere Beziehung nicht nur ein Flirt bleiben sollte, so konnte es nur in dieser Weise geschehen, wie du es versucht hast. Du nahmst mich brieflich bei der Hand und begannst mir deine Stadt zu zeigen: «Sieh Dir das Rathaus an …, Sieh Dir die Bauart der Häuser an …, Sieh auch die treppenförmige Giebelgestaltung …»
Heute rührt mich das zu tiefst. Heute sehe ich mich neben dir durch diese Stadt schreiten und höre begierig, was du mir darüber erzählst. Heute verstehe ich auch einiges über geschichtliche Hintergründe und die Baustile der jeweiligen Zeitalter – auch über den zweiten Weltkrieg mit seinen Nachwehen habe ich ein total anderes Vorstellungsvermögen als es damals sein konnte.
Deine vier Karten liegen schön gebüschelt vor mir. Ich möchte deine Stadt jetzt gerne durchschreiten und kennen lernen – im Gedenken an dich!

Leider weiss ich, dass ich dich nicht mehr antreffen kann. Du bist so früh gestorben, viel zu früh. Und Kinder hast du keine gehabt. Deine Frau lebt sicher unterdessen auch nicht mehr. Ob du's glaubst oder nicht, ich würde dich heute gerne aufsuchen. Du wärst jetzt weit über achzig Jahre alt. Es ist mir nicht vergönnt, noch weniger als vor ungefähr zwanzig Jahren, als ich dich brieflich zu erreichen hoffte und es sich herausstellte, dass du schon gestorben warst.

So bleibt mir nur der Weg dieses Briefmonologs. Ich weiss, dass er mir etwas bringt, aber noch nicht, was es sein wird.

5. 9. 48

Liebe Gret!

Es ist wieder einmal Sonntag und ausruhend von dem Getriebe des Alltags möchte ich Dir einen Gruss senden. Ich will gleichzeitig damit, meinem Versprechen gemäss, den bescheidenen Bildbericht über meine jetzt zerstörte Heimat, wie sie früher war, fortsetzen. Es wirkt wie ein starker Kontrast, wenn man dieses nüchterne und nach der modernen Kunst realistischer Bauweise, nur seinem Zweck erbaute Bahnhofsgebäude neben dem prachtvollen Barockbau des alten Schlosses, aus der Zeit der Feudalherrschaft, sieht. Aber keine Zeit ist freigeblieben von dem Ausdruck, den Zweckbestimmung und Nüchternheit ihr aufdrückten. Eine Tatsache, die soweit sie der Harmonie Rechnung trägt, durchaus hingenommen werden kann, denn auch hierin liegt der Ausfluss menschlicher Gemeinschaft und damit unserer selbst.

Wenn Du Dir dieses Bild ansiehst, dann denke bitte daran, dass nur noch die Mauern stehen und die Fensterlöcher ein dunkles schwarzes Aussehen haben, gleich den Augenhöhlen eines Leblosen, der die Augen verlor und damit das, was ihm den Glanz gab.

Seit zwei Jahren sind wir nun, Studenten und Mauerleute, am Werk dieses Schloss wieder aufzubauen, nicht um einem Herrscher den Sitz zurückzugeben, nein, um unsere Universität darin zu errichten. Wir schaffen damit zweierlei. Ein Denkmal aus guter alter Zeit wird erhalten, soweit es möglich ist, und wir erhalten an Stelle der zerstörten Universität eine neue. Die Grünanlagen gehören selbstverständlich auch der Vergangenheit an, aber ein gütiger Gott und die Milde der Natur hat auch unsere Trümmerhalden mit Grün, wenn auch mit wildem Unkraut überwachsen lassen, und damit als erster die Wunden heilen und lindern helfen, dass sie nicht täglich diesen grässlichen Schrei von Blut und Tränen ausstossen und den Odem des Hasses und der Vernichtung ausstrahlen sollen.

Nun lass mich aber noch neugierig sein und nach Deinem Befinden fragen? Was macht die Schule und was Störshirten? Habt Ihr die Illustrierte vom Domfest erhalten, ich möchte Euch noch eine von den Feierlichkeiten senden, weil die Feier eine Kundgebung des christlichen Abendlandes war und dazu gehören wir alle. Dir und allen daheim einen lieben Gruss

Heinz

Lieber Heinz,

Deine zweite Kartenserie ist lockerer in jeder Hinsicht, auch die Schrift lesbarer, grösser und weniger dicht in der Zeilenfolge. Das Schloss aus der Zeit der Feudalherrschaft beeindruckt mich sehr. Daneben verblasst der Zweckbau des Bahnhofgebäudes wirklich. Ich versuche mir den prunkvollen Barockbau ausgebombt vorzustellen. Selbst heute versagt da mein Vorstellungsvermögen. Und fast noch weniger kann ich mir vorstellen, wie ihr als Studenten mit den Mauerleuten diesen Bau wieder habt aufbauen können – als Universität! Was ich mir hingegen gut vorstellen kann, ist Euern Schwung dabei. Sicher habe ich nicht mehr erfahren, ob Du dort Dein Studium beendet hast. Auf das Stichwort «Universität» komme ich später nochmals zurück.

Zu den zwei letzten Karten, die Ausschnitte von prächtigen Parkanlagen zeigen, schriebst du nichts Erklärendes. In der «Kreuzschanze-Anlage» ist ein Denkmal der Annette von Droste-Hülshoff zu sehen. Ich stutze. Mit dieser Stadt habe ich die Dichterin nicht in Verbindung gebracht. Ich zücke das Lexikon und finde dort unter ihrem Namen, «geboren bei Münster, lebte im Münsterland erst auf der Wasserburg Hülshoff …» Ich komme in Fahrt, verbiete mir aber die Lavater-Slomann-

Biografie herauszusuchen, die mich damals so sehr bewegte. Dass du mir nichts über diese Dichterfürstin erzählt hast, die im Münsterlande wohnte, in der von dir als schwerblütig bezeichneten Gegend und ebenso dessen Menschenschlag! «Schaurig ist's übers Moor zu gehen ...» durchfröstelt es mich. Nun weiss ich noch viel besser, wie es um deine Heimat dem Münsterlande und ihrer Stadt bestellt ist. Es könnte sein, dass ich nicht umhinkomme, der Droste-Hülshoff nochmals nachzustellen im grossartigen Bild jener Biografie.

Ich habe jetzt aber noch etwas anderes, das ich dir erzählen möchte. Es wurde durch das Wort «Universität» angestossen. Unsereins vom Lande konnte sich ja darunter nichts Konkretes vorstellen. Eine Schule für die ganz Gescheiten, für Ärzte, Pfarrer, Juristen und andere höher gestellte Berufe. Man interessierte sich auch nicht dafür. Das war nichts, das man für sich in Betracht zog – als Bauerntochter schon gar nicht. Ich will dich nicht auf die Folter spannen. Ich sag's dir vorweg: Ich studierte an der Uni Zürich – aber erst mit fünfzig Jahren! Zuvor, das weisst du ja, besuchte ich das Lehrerseminar in Kreuzlingen. Nach zwei Jahren Schuldienst heiratete ich. Wir gründeten eine Familie mit vier Kindern. Zwischendurch nahm ich Schulvikariate an, vor allem in unserem Dorf. All die Jahre las ich in der wenigen freien Zeit viele, für mich interessante Bücher. Ich las sie nicht nur, ich lebte in und mit ihnen. Wenn ich von einer Autorin, einem Autor angefressen war, las ich alles was sie oder er geschrieben hatte. Es waren vorwiegend Schriftstellerinnen. Später dann Gottfried Keller, Hermann Hesse, Max Frisch, Sàndor Màrai ...

*Warum ich das jetzt berichte, steuert auf das Wort «Universität»
zu. Ich erhielt mir dadurch den Faden zur Bildung. Die grosse
Familie nahm mich sehr in Anspruch, verlangte meinen ganzen
Saft. Ich hatte einen engen Wirkungskreis. Alles war vorgegeben.
Zwischen vierzig und fünfzig Jahren knirschte es in meiner Seele.
Mein Mitbekommenes reichte für die Probleme, die wohl ganz
alltäglich waren, nicht mehr aus. Ich strampelte, ich hatte Fragen
an das Leben, ich suchte – auch dich suchte ich damals, wollte
mit dir korrespondieren – wollte aus dem engen Rahmen ausbre-
chen. Ich vertiefte mich in Lebensbewältigungs- und Psycholo-
gie-Bücher. Ich brauchte Erklärungen, neue Perspektiven. Dieser
Kampf mündete im Wunsch, mein Bücherwissen an der Universität zu vertiefen, als Hobby dachte ich. Es kam dann anders. Es
nahm mir den Ärmel hinein … Ich stieg von Stufe zu Stufe.*

*An der Universität Zürich habe ich nicht nur mein Wissen erwei-
tert, ich habe auch menschlich, zwischenmenschlich unheim-
lich viel gelernt, lernen müssen! Ich kann heute nur staunen,
wie ich das alles auf die Reihe gekriegt habe. Dass ich diesen
abenteuerlichen Weg zu Ende gegangen bin bis zur Psycho-
login lic. phil. I, dafür klopfe ich mir heute auf die Schulter. Ich
fügte damit meinem Leben jenen Stein hinzu, nach dem es verlangte. Es war nicht der letzte.*

*Bevor ich deinen nächsten Brief beantworte, muss ich dir geste-
hen, dass ich der Versuchung der Annette von Droste-Hülshoff
nachzustellen doch nicht widerstehen konnte. Ich suchte und
fand auf dem Bücherregal in der Stube die gesammelten Werke
der Dichterin und auch ihre Biographie mit dem Titel «Einsam-*

*keit». Die Zeit will auferstehen, da ich mit dieser Dichterin über
dem Buch der Marie Lavater-Slomann lebte. Das war lange vor
meinem Studium.*

*Ich muss mich aber bremsen, damit ich nicht in zu viele Neben-
geleise abdrifte. Vielleicht komme ich aber doch nicht umhin,
mich mit der Droste-Hülshoff nochmals auseinanderzusetzen,
damit ich jene Gegend und jene Menschen, die du mit so viel
Herzblut geschildert hast, besser verstehen kann.*

Münster, 16. 11. 1948

Liebe Gret!

Hab Dank für Deinen schönen Brief und das nette Bild
von Eurem Club. Wenn ich es mir immer wieder be-
trachte, kann ich mir vorstellen, wie ich dort mitmarschie-
ren könnte. Singen und Frohsinn ist doch das Schönste
den Ärger und Kummer zu verdrängen und die Menschen füreinander zu gewinnen. Du weisst wie gerne ich
singe, und im Augenblick ist für mich wenig Gelegenheit.
Im Auditorium wäre es wenig passend, dafür aber sehr
störend. Hinter dicken Büchern bedarf es einiger Konzentration und bei der Arbeit, die nun einmal notwendig
ist, um sich im Leben zu erhalten, ist auch keine Zeit. Die
restlichen Stunden aber sind zu wenig, um sie dem Schlaf
zu entziehen. Leider ist auch der Sonntag nicht mehr ein
freier Tag, weil die Studienarbeit, die in der Woche liegen bleibt, nachgeholt werden muss. Du siehst, ich muss

schnellstens nach Störshirten, um wieder laut singen und lachen zu können. Vielleicht wird mir der Heuet 1950 dazu Gelegenheit geben, denn im kommenden Jahr mache ich Examen.

Es ist jetzt noch nicht einmal Mittag, ich habe mir die Stunde gewissermassen gestohlen, um Euch einmal wieder ein Zeichen von mir zu geben, aber ich bin schon wieder müde. Eine launische Welt ist das. Draussen im Krieg ist mir das kaum passiert, aber da liess uns die Nervosität und Spannung wohl nicht zur Ruhe kommen. Aber, was soll ich von hier erzählen. Mir geht es gut, ich bin zufrieden und mit Geduld und Ausdauer werde ich das Ziel bald erreicht haben. Nur noch ein paar Jahre und die vergehen wie Schnee vor der Sonne.

Mich interessiert viel mehr, was in Störshirten geschieht? Was Maja und Myrtha, Vater und Mutter, Grossvater und Grossmutter, Sophie und Arthur und Du wohl treiben möget. Seid Ihr alle gesund? Wie geht die Arbeit voran? Hat Vater gute Hilfe? Wie sieht es im Stall aus? Wie geht es Ribis? usw. usw.

Eine Menge von Fragen gelt? Vielleicht wirst Du das nicht verstehen, dass ich sie alle stelle? Aber überleg bitte nur Gret, wer täglich in Trümmern, unter Not leidenden Menschen dahergeht und 90% aller Gespräche sich mit der Überwindung des Übels befassen müssen, der freut und sehnt sich nach den Worten aus einem auch sehr schweren, aber noch geordneten Leben, der freut sich in dem Gedanken an die frohen und lachenden, gesunden Menschen, der freut sich in dem Gedanken an die Wiesen, Täler und Scheunen, am Geläute der Glocken von den Wiesen.

Und deshalb bitte ich darum, weil mich Störshirten gefangenhält, als ich in den Wochen wie einer der Euren dort lebte. Mit herzlichen Grüssen an alle daheim bleibe ich Euer

Heinz

Lieber Heinz,

ein farbiger Brief, ein vielschichtiger! So empfinde ich es nach mehrmaligem Lesen. Er bewegt sich in der ungeheuren Spannung zwischen deinem Dort-Draussen-Leben und der Sehnsucht nach heiler Welt – nach Störshirten! Fast kommt es mir wie ein Klammern an diese wenigen Wochen vor, die dir bei uns vergönnt waren. Eine Briefstelle lässt mich aufhorchen, «wer täglich in Trümmern dahergeht …, der freut und sehnt sich nach den Worten aus einem auch schweren, aber noch geordneten Leben …» Du bezeichnest unser Leben als ein ‹auch schweres!› Also hast du durch die Ritzen unserer heilen Welt doch die Schatten und Lasten wahrgenommen! Das ist gut, damit du mit Störshirten nicht ganz von der Welt abhebst!

In diesem Brief bist du ganz Mensch mit Fleisch und Blut. Du hättest Lust im Handorgel-Club mitzumarschieren, Lust zu singen, Frohsinn zu pflegen. Stattdessen musst du mit voller Konzentration hinter den Lehrbüchern sitzen, dazwischen für den Lebensunterhalt arbeiten, dass fast keine Zeit zum Verschnaufen bleibt. Die Stunde zum Schreiben eines Briefes stiehlst du dir ab und bist eigentlich schon vor Mittag müde – etwas, das dir draussen im Krieg nicht passiert ist – wie du lakonisch bemerkst. In einer dermassen überfordernden Situation kann einem schon Störshirten in den Sinn kommen, und man fragt inständig nach, wie es bei uns geht und steht und das bis zu den Verwandten im Hoferberg! Es mutet nach Heimweh an. In diesem Heimweh erträumst du dir, im Heuet 1950 vielleicht wieder bei uns zu sein. Wie kühn! Wie gross muss deine Sehnsucht gewesen sein!

Es ist nicht dazugekommen. Heute weiss ich, dass die Episode daran schuld ist, die Vater meine wahren Gefühle für dich offenbarten. Daraufhin verbot er unsern Briefverkehr. Also konnte es auch keinen zweiten Heuet mehr bei uns geben. Über jene Episode erzähle ich dir erst später; vorerst war ja alles noch im An- oder Weiterlaufen.

Es ist gut, dass es keinen zweiten Heuet mehr mit dir gegeben hat! Unsere Liebesgeschichte hatte keine Chance. Und was war, kann man nicht zu etwas hinbiegen, das es nicht ist, nur damit es in die gängigen Verhältnisse passt. Zu viel sprach dagegen. Das muss auch dir mit der Zeit klar geworden sein.

Ich habe einen allereinzigen Brief von mir an dich gefunden!
Gerade sehe ich, dass er nun zeitlich an der Reihe ist. Ich bin
selbst gespannt, wie sich das heute anfühlt. Beim Hervorkra-
men des Briefmaterials überlas ich ihn nur flüchtig, wollte
nichts vorwegnehmen. Wieso es ihn überhaupt gibt, ist mir ein
Rätsel. War es der Entwurf? Oder war der Brief mit zu vielen
Fehlern gespickt und deshalb nochmals geschrieben worden?
Wie dem auch sei, kostbar ist er alleweil.

Störshirten, 30. 11. 1948

Lieber Heinz!

Für Deinen lieben Brief danken wir Dir herzlich. Leider
hat es ein Durcheinander gegeben mit unsern Briefen. Ich
glaube, Du hast nie einen von Vater erhalten und die mei-
nigen haben Dich wohl nicht erreicht. In der Hoffnung der
heutige werde Dich erreichen und bald eine Antwort finden,
will ich Dir nun auf Deine Fragen antworten.
Erst gestern ist mir klargeworden, warum Du Dich eigent-
lich noch so sehr für Störshirten interessierst: Wer Tag für
Tag an Trümmern vorbeiläuft, der möchte von einer lachen-
den Heimat etwas hören. So erzähle ich nun und rufe Dich
noch einmal zurück in die Ferien nach Störshirten.

Lachend strahlt die Sonne auf unsere Wiesen. Jauchzend
strömen wir auf unsere Halden. Emsig schütteln wir das
Heu. Niemand schweigt. Lustige Reden und Erzählungen

werden gehalten. Dann erklingen die frohen Schweizerlieder. Alles lacht, alles ist froh und sorgenlos. Alles wird vergessen, nur Freude, Jubel herrscht, während ein geladener Wagen ins Tenn fährt. Heinz, Ueli, Arthur stemmen mit kräftigen Händen den Wagen, den der Vater ein bisschen schief geladen hat. Dann gehts wieder auf die Wiese, frisch und froh. Der Vater lädt sorgsam das Heu auf den Wagen und gibt acht, dass ihm niemand in die Brust sticht. Arthur mit kleinen Wischen erfreut den Vater nicht so sehr – nun aber zwei grosse, die sind natürlich von Ueli und Heinz.
Maja (zweijährig) stolziert um die Wiese. Myrtha trollt sich im Heu und drückt sich vom Most holen. Denn sie will nicht wieder den Hahnen offen lassen. Mutter und Sophie streifen emsig das Heu zu Mahden. Sophie ist so übermütig von den Liedern, die ihr Heinz gesungen hat, dass sie «umtroolt.» (umfällt)
Der Grossvater guckt, ob er auch noch ein wenig Arbeit findet. Die Grossmutter schaut vom Haus aus der springenden Jugend zu. Auch sie ist froh über die alten Erinnerungen die auftauchen: «Auch ich konnte einmal so springen. Ja, das war in der Jugendzeit, die war auch nicht immer hell. Jetzt ist mein Segen, die nachkommende Jugend zu sehen, wie sie nach dem Zepter der Arbeit greift und es lachenden Gesichtes tut.»

Am Abend sitzt man beisammen und plaudert. Man plaudert meistens von Politik, von der kommenden Arbeit und so weiter. Nachher gehen alle ins Bett. Alle zufrieden und *lächelnd. Vergessen das Leid, verloren die Sorge. Arbeit in einer Heimat, die uns gehört. Arbeit unter Menschen die singen und lachen. Das ist ein schönes Glück auf Erden. Mancher Fabrikarbeiter in seinem engen Raum hätte uns beneidet in einer Stunde der fröhlichen Arbeit.*

Nun aber ist Störshirten in Nacht eingehüllt und kristallener «Kick» (Raureif) hängt an den Bäumen. Es sieht also schon weihnächtlich aus. Auch so ist es schön, und wir freuen uns alle bis der Schnee auf die Erde rieselt und wir uns tummeln können. Doch jetzt ist es trostlos in Störshirten. Es würde Dir sicher nicht gefallen. Aber es kann ja nicht immer die Sonne scheinen. Einmal kommen die trüben Tage, und wie von selbst lacht die Seele nicht mehr so frei. Wir lieben eine warme Stube. Wir können ja noch einen Ofen heizen. Ja, wie ist das wohl in Deutschland? Ich glaube, wir würden staunen, wenn wir im Winter herkämen und gerne wieder tauschen.

Arthur ist jetzt nicht mehr bei uns. Im Winter können Vater und unser «Ungarner» es gut allein machen. Aber Arthur ist schon öfter wieder auf Besuch gekommen, und niemand hatte mehr Freude als die Maja. Sie weiss nicht was vor Freude tun, so lieb hat sie Arthur gewonnen. Ich meine, es ist ja schön, wenn er nur ein Kind weiss, das ihn liebt, denn ich glaube, er empfängt sonst nicht viel Liebe.

Überhaupt, Maja ist jetzt drollig. Sie plaudert und springt den ganzen Tag herum. Überall ist sie die Sonne. Wir freuen uns, ihre leuchtenden Augen unter dem Christbaum zu sehen. Die funkelnden Lichter werden in ihr Herzchen leuchten wie Sterne aus dem Himmel.

Auch Du würdest, glaube ich, mit leuchtenden Augen vor dem Christbaum stehen! Kein Fest wird Dir blühen. Aber ich weiss, auch Du wirst im Kreise Deiner Familie ein kleines Fest errichten. Es wird ohne Geschenke sein. Aber heilig und fröhlich werden vielleicht auch Eure Stimmen singen: «Stille Nacht, heilige Nacht …»

Ich hoffe, meine Berichte aus Störshirten haben Dich gefreut und manche Erinnerung ist Dir wieder aufgestiegen. Denn, «die Erinnerung ist das einzige Paradies, aus dem wir nicht vertrieben werden können.»

Im Namen der ganzen Familie herzliche Grüsse von Störshirten und von

Gret

Lieber Heinz,

ich schmunzle über die Vierzehnjährige, erkenne auch deutlich die Anlagen, die mir ein Leben lang anhangen werden, als Geschenke und als Lasten. Vorerst freue ich mich über die Unbekümmertheit meines Erzählens und den direkten Draht, den ich zu dir hatte. Natürlich fällt mir der etwas überzogene Ton im Beschreiben des Heuet auf. Aber er gefällt mir auch in seinem

Schwung. Ich ziehe alle Register, um dir die Heuet-Stimmung nochmals nahe zu bringen, um danach den Sprung in den Winter umso deutlicher werden zu lassen: «Nun aber ist Störshirten in Nacht eingehüllt und kristallener Kick hängt an den Bäumen …» Die ganze Winterstimmung liegt glasklar und greifbar vor uns. Die warme Stube wird gelobt. Es fehlen auch Vergleiche mit deinem Leben nicht und den Zuständen in deinem Land.

Ich habe es schon damals plötzlich verstanden, dass du Sehnsucht nach einer «lachenden Heimat» hattest. Darum beschwöre ich den Heuet nochmals herauf mit prägnanten Bildern in satten Pinselstrichen. Umso mehr wirkt der Wechsel beim Sprung in den Störshirter Winter mit den Vorfreuden auf Weihnachten. Wieder geht mein Blick auch zu dir nach Deutschland und wie ein Weihnachten bei euch wohl sein wird. Im gemeinsamen «Stille Nacht» Singen verbinden wir uns.

Alles schimmert bei diesem Brief durch, was an Fähigkeit zu schreiben in mir angelegt war – positiv und negativ! Das Positive nannte ich oben schon. Das Negative oder das, wovor ich mich später in acht nehmen musste, ist der etwas lehrhafte, predigende Ton beim Weitergeben oder Erkannt-Haben von Lebensweisheiten und das Schwelgen in Gefühlen bis zum Abrutschen ins Sentimentale oder Kitschige. Das ist mir natürlich erst im reiferen Alter bewusst geworden. Das spontane Schreiben wird heute ständig überwacht vom Wissen um die Grenzen. Ich habe da ein starkes Erbe meines Vaters mitbekommen, ein Danaergeschenk sozusagen. Als ich diesen Frühling Vaters Gedichte aus den Jahren vor seiner Verheiratung las und abtippte, *ist mir das alles noch klarer geworden. Natürlich war's auch der Stil der Zwanzigerjahre, der «Gartenlaubenstil», sage ich jeweils. Wenn zusätzlich die Anlage für romantisches Empfinden und Erleben in einem stecken, dann kann man sich diesem Stil kaum entwinden. Mit Missbehagen, mit Irritation lese ich heute Vaters Gedichte, auch wenn ich zugeben muss, dass handwerklich einiges dran ist. Mit ebensolchem Missbehagen und gar Beschämung lese ich meine ersten Gedichte aus der Studienzeit!*

Mit 69 Jahren gab ich meinen ersten Gedichtband heraus. Im Vorwort nehme ich obiges Thema auf. Es gipfelt in der Erkenntnis, dass ich ohne diesen Überschuss an romantischen Gefühlen, nicht auf die Fährte des Dichtens und Schreibens gekommen wäre. Also, Dank sei dem Danaergeschenk!

Lieber Heinz, heute antwortete ich nicht auf einen Brief von dir, sondern spürte dem allereinzigen von mir nach. Vielleicht finde ich noch ein paar Körnchen in unserem Briefwechsel wie du meine Briefe gefunden hast – damals – oder was sie dir gegeben haben ausser den Heimwehberichten.

Münster, 8. Dezember 1948

Liebe Gret!

Noch ehe Dein Brief bei mir eintraf, wird Dich der meine erreicht haben. Es hat sich also wieder einmal ergeben, dass Wünsche dann am lautesten werden, wenn ihre

Erfüllung unmittelbar bevorsteht. Ich danke Dir ganz besonders für diesen Brief und muss Dir sagen, dass ich mich herzlich gefreut habe. Du hast gewiss recht, dass ich eine ganze Zeit nichts von mir hören liess, aber dass ich Euch vergessen hätte oder gar vergessen könnte, ist völlig abwegig. Ich schrieb Dir schon mehrfach, dass es für Dich und für Euch alle schon sehr schwer ist, sich ein Bild von unserer wirklichen Lage zu machen, und das ist noch schwer, trotz meiner Berichte und Erzählungen. Du musst daran denken, dass es hin und wieder für mich sehr schwer ist, die Zeit oder auch nur die Musse der Ruhe für einen Brief zu finden. Es ist nicht immer Arbeit im eigentlichen Sinn dieses Wortes, die daran hindert. Nein, manchmal ist es nur die Pflicht traurige und einsame Menschen zu unterhalten, ihnen Mut und Freude zu machen.

Bedenke nur, dass eine Unzahl von Eltern, Frauen und Kinder um ihre Söhne, Männer, Väter und Brüder weinen, dass ausserdem noch 50.000 deutscher Soldaten in russischer Kriegsgefangenschaft hängen und eine Unzahl von Angehörigen ohne jede Nachricht sind.

Liebe Gret, ich will hier nicht wieder eine lange Liste unserer Not aufzählen, nur eins will ich sagen: «Wenn ich wirklich eine Zeit lang geschwiegen habe, dann ist es nicht Undank, Vergessen oder sonst etwas, sondern dann liegt ein Stück bitteren Ernst des Lebens dahinter!»

Mir selbst geht es dabei immer noch ziemlich gut. Ich bin zufrieden, froh und munter und verhältnismässig gesund. Lediglich in den letzten Wochen hat mich eine Krankheit schwer geschüttelt, aber nicht umgeworfen. Wir müssen uns ja bei den hiesigen Verhältnissen alle sehr, sehr vorsehen, dass wir nicht reif werden für Davos. Aber wir werden uns schon durchbeissen.

Nun, es gibt aber auch schöne und erfreuliche Dinge in unserem Alltag. Ich bin hin und wieder im Theater und im Konzert gewesen, auch der Film gibt viel Anregung für Probleme dieser Zeit. Eine grosse Freude und Überraschung war mir eine Einladung der Universität Lund in Schweden zu einem dreiwöchigen Besuch, um die deutsche Rechtswissenschaft zu studieren. Ich werde wohl im Februar diese Reise über die See antreten und den hohen Norden besuchen. Es ist für mich eine erfreuliche Bereicherung meiner Europakenntnis, und Schweden das skandinavische Land ist, das ich noch nicht kenne. Wenn ich erst dort bin, werde ich Euch viele Berichte von dort geben. Ich hoffe indes auch immer wieder von Euch zu hören, weil ich mich über jeden Gruss von Euch so sehr freue und ihn so gut gebrauchen kann, als Ansporn in diesem grauen Alltag.
Mit lieben Grüssen an alle daheim, bleibe ich immer der alte, nie unterliegende

Heinz

Lieber Heinz,

ich denke, ich kann erst heute erfassen, wie unsere zwei Welten auseinanderdrifteten und auch, wie unmöglich es war für uns, sich in eure Lage, euren Alltag damals zu versetzen. Mit unendlicher Geduld versuchst du das, uns immer wieder klar zu machen. Mein Brief, auf den du hier antwortest, muss ziemlich eindringlich bekundet haben, dass wir uns Gedanken über dein langes Schweigen machten. Warum schreibst du: «Ich danke Dir ganz besonders für diesen Brief.»? Das würde ich gerne wissen. Freut es dich, dass wir ständig mit dir in Kontakt sein wollen?

So nebenbei erwähnst du die Krankheit, die dich geschüttelt, aber nicht umgeworfen hat, und dass Ihr euch schon durchbeissen werdet. Wenn das nicht eiserne Lebenshaltung ist – echt deutsch! Ihr seid ein stolzes Volk und dazu gehört, dass man sich nicht kleinkriegen lässt. Um so viel Verwüstung wieder aufzubauen, ging es wohl nicht anders als mit ganzer Zähigkeit das Aufbauwerk voranzutreiben.

Heinz, du bist und bleibst ein Lebenskünstler! Du verstehst es in all den dich verzehrenden Pflichten und misslichen Umständen auch schöne Dinge zu unternehmen wie ins Theater und Konzert zu gehen.

Herzlich gönne ich dir die Einladung nach Schweden. Nebst der Freude ist es sicher auch eine Auszeichnung für dich ganz persönlich. Aber so etwas würdest du nie aussprechen!

Es gibt einiges zu lernen von dir. Dabei warst du noch nicht einmal 30 Jahre damals. Die Kriegsereignisse liessen dich früher *weise werden als es in normalen Zeiten geschehen wäre. Sich in Leid und Entbehrung und im Aushalten und Durchhalten zu üben, war Tagesprogramm. Und vielleicht gehörte es auch dazu, sich täglich vorzunehmen, sich nicht unterkriegen zu lassen, wie du das am Schluss des Briefes so heroisch, fast heraufbeschwörend schreibst, indem du schliesst mit «der alte, nie unterliegende Heinz.»*

*Ich habe auch etwas von diesem Willen, nicht unterliegen zu wollen in mir. Wir Weber sind ja hartnäckig nach beiden Seiten, den guten wie den weniger guten. Diese Zähigkeit oder Hartnäckigkeit hilft im Leben manches erreichen. Heute weiss ich, man muss auch unterliegen können. Ich habe viele Male klein beigeben müssen, bin aus unterschiedlichen Gründen unterlegen und das Gefühl dabei ist beschissen – entschuldige das Wort. Und weil das so ist, erfindet man oder sucht man verzweifelt nach dem Herauskommen aus diesem Zustand. Das ist nun wieder so eine Falle, um aufs lebensphilosophische Parkett zu geraten. Ich nehme die Kurve und sage gerade heraus, was ich zum «alten, nie unterliegenden Heinz» meine. Er ist mir zu heroisch! Ich würde ganz gerne hören, was du manchmal **auch** noch denkst und fühlst angesichts der verheerenden Verhältnisse – dass auch du hin und wieder an die Grenze kommst. Dann wärst du mir eine Spur näher und menschlicher. Natürlich weiss ich letztlich wie du es meintest. In Lebenskrisen darf man nicht schlapp machen, man muss die Hindernisse in irgend einer Weise übersteigen, überwinden. Man muss aufstehen, wenn man liegt und das machen, was zu machen* möglich ist. Auch ich möchte dereinst sagen können, dass ich nicht kleinzukriegen war. Aber ich weiss jetzt noch nicht, ob mir das gelingt im Angesicht der Krankheit meines Mannes. Verlieren werden wir der Krankheit gegenüber auf jeden Fall, aber als Mensch, der mit dem umgeht, möchte ich nicht unterliegen.

Heinz' nächster Brief stammt vom Januar 1949. Vorher geschahen Dinge, um die Heinz nicht wusste. Er bekam später nur die Auswirkungen davon zu spüren, zumindest vom Hauptereignis. Meine Liebesgeschichte schlug Wellen bis in unsere Verwandtschaft. «Wes das Herz voll ist, des geht der Mund über», heisst ein Sprichwort. Das muss bei mir damals so gewesen sein. Ich habe meiner Basler Cousine von meiner «Liebe» geschrieben, verschämt wahrscheinlich und unter dem Siegel der Verschwiegenheit. Ihre Antwortbriefe lagen ‹sage und schreibe› bei Heinz' Briefen in derselben alten Papeterie! Also bedeuteten sie mir sehr viel.

Meine Cousine antwortet darauf am 17. November 1948:

Mein liebes Gretli,

vor dem Einschlafen vorgestern im Sunntighüsli, wollte ich noch meine Sprüche lesen und da fand ich Dein liebes, kleines Brieflein. Vielen Dank!
Vergessen soll ich, was Du mir erzählt hast? Das ist wohl ein wenig unmöglich. Aber schweigen will ich, das verspreche

ich Dir. Mama erzählte mir wie von ungefähr von «Ihm», er sei eben auch zu uns gekommen, und er habe von Euch erzählt. Er sei ein ausserordentlich netter und intelligenter Bursche. Er habe gesagt, Myrtha sei ein halber Bub, Majeli ein Herziges, und mit Gret könne man alles reden und ihr anvertrauen, etc. Ich glaube, man hat diesen Typ überall gern. Was macht's, dass er Deutscher ist? Gar nichts, seinen Charakter ändert dies sowieso nicht. Ich habe einen Rat, lies doch Sprüche, in jeder Stimmung, ich bin sicher, dass es auch Dir hilft.
«Fröhlich wollen wir sein am dunklen Tage der Prüfung, voll der sicheren Hoffnung, es folgen heitere Tage!»

Mit diesem Spruch, rot unterstrichen, beschliesst meine Cousine den Brief. Wir werden noch oft Sprüche austauschen. Sie ist überzeugt, dass Sprüche helfen.

Im zweiten Brief vom 1. Dezember schreibt sie: «Gretli, ich vertraue Dir mein grösstes Geheimnis an das ich habe: Ich bin schrecklich verliebt …» Ausführliche Beschreibungen des Freundes folgen … «Nun wissen wir also gegenseitig unsere Mädchenträume,» schliesst sie den ersten Briefteil. Der sehr lange Brief endet wieder mit einem Spruch: «Glücklich sein ist das Ziel des Lebens, Glücklich sein und glücklich machen!»

Im Brief vom 21. Dezember, dem Weihnachtsbrief, der dem Geschenkpaket ihrer Eltern beigelegt war, steht: «Ich las gerade *nochmals Deinen Brief durch. Du schreibst so schrecklich ernst für Dein Alter (meine Cousine war zwei Jahre älter als ich), aber ich glaube, das bist nun einmal Du, – ich habe Deine Briefe gerne, sie machen mich denken, aber Du schreibst so erwachsen, fast bedrückend erwachsen. Verstehst Du mich? Es ist kein Vorwurf, es sind nur Gedanken. Gret, versuche doch einmal, nicht alles gar zu schwer zu nehmen. Ich weiss nicht, ob Du das kannst oder überhaupt willst, denn ich weiss aus eigener Erfahrung, dass es schön ist zu träumen, Luftschlösser zu bauen und sogar für sich allein ein wenig zu weinen. Ich kenne dieses Gefühl, es ist ein sonderbares, unbeschreibliches: traurig, schwer und doch unendlich feierlich und schön. Seit ich D. kenne, weiss ich, dass diese Stimmungen einem viel zu weich und sentimental machen …*

Diese Woche hörte ich einen sehr schönen englischen Spruch, der übersetzt etwa so heisst: Das Grösste das man je im Leben erfahren kann, ist lieben und geliebt zu werden. … Bitte schreibe mir Deine Meinung über meine Gedanken. Ich möchte so gerne wissen, dass Du glücklich bist. So glücklich wie ich!

Frohe Weinachten, guter Rutsch ins Neue Jahr!

Deine verliebte E.

P.S. Ich habe dem grossen Paket an Euch alle ein kleines für Dich beigelegt.

Lieber Heinz,

(dies ist nun kein Brief, der einen von dir beantwortet.)

Bevor es Weihnachten wird in jenem Winter 1948 und das Buchereignis, das zu unserm Verhängnis wurde, über die Bühne geht, schicke ich dir noch Gedanken zum Thema Fliegen. Da sahen wir doch vor zwei Tagen im Fernsehen den Film «Pearl Harbor». Wir sahen ihn vor Jahren schon einmal. Diesmal wirkte er ganz anders auf mich. Jetzt, da ich in Verbindung mit dir getreten bin, sprich mit jenem Sommer vor fast 60 Jahren – jetzt, da deine Briefe, dein Foto, meine Tagebucheinträge, deine Gedichte und nun auch das Buch «Flug mit Elisabeth» immer in Griffnähe sind, bekommt dieser Film eine ganz andere Bedeutung. Diesmal interessierte mich die Liebesgeschichte, die darin vorkommt, nicht so sehr. Ich fand sie sogar kitschig, gestylt, unwirklich. Was mich hingegen gepackt hat, waren die Kampfflugbilder, der atemberaubende Flugkampf mit gegenseitigem Verfolgen und Abschiessen. Ich sah das verzerrte Gesicht des jungen Piloten, als sein Kampfflugzeug angeschossen wurde. So hast auch du einst in der Luft gekämpft im Wissen darum, dass du vielleicht nicht mehr lebendig herunterkommst. Das weiss ich noch aus deinen abendlichen Geschichten, die du vor versammelter Familie erzählt hast. Mir ist jetzt bewusst geworden, dass ich damals – und auch heute noch – keine Vorstellung, keine Ahnung davon hatte, was Kampffliegen heisst. Euer «Geburtstagsfeiern», nach heil überstandenem Kampf, bekommt nach diesen schaurigen Filmbildern die angemessene Dimension: Überströmende

Freude und Dankbarkeit fürs Überleben, fürs Nochmals-zur-Welt-Kommen!

Das andere Fliegen lernte ich mit dem Buch «Flug mit Elisabeth» kennen. Vater wusste immer, welches Buch für Weihnachten nun für seine Tochter dran war. Er liess sich in der Papeterie Ernst in Bischofszell auch gut beraten. Ob das Buch wohl auflag mit dem bestechenden Titel? Sicher verriet Herr Ernst dessen Inhalt. Genau richtig, muss Vater gedacht haben. Und ich denke heute, wie blauäugig er gewesen sein muss, mir, die für den schicken Flieger und Studenten geschwärmt hat, dieses Buch zu schenken. Öl ins Feuer war das! Eine pure Liebesgeschichte eines Flugpiloten mit einem einfachen jungen Mädchen. Der Autor Walter Ackermann, war in Wirklichkeit ein begeisterter Flieger, Linienpilot und veröffentlichte Bücher über das Fliegen, machte Fliegen populär, wusste eine ganze Generation für das Fliegen zu begeistern. Den nachhaltigsten Erfolg erzielte er mit «Flug mit Elisabeth». Das Buch kam 1936 erstmals heraus.

A propos Buch schreiben, ich erwähnte schon, dass ich mir in späten Jahren ein Studium leistete und dabei den Stein in meinem Leben setzte, nachdem es noch verlangte. Dadurch wurde es nach Abschluss des Studiums möglich, mir den lang gehegten Schriftstellerwunsch zu erfüllen, wenn auch auf bescheidener Ebene. Zuerst gab ich einen Gedichtband heraus und später das Buch über meine Kindheit. In Letzterem gibt es ein Kapitel mit der Überschrift «Von Büchern». Lies nun den

Abschnitt, der vom oben erwähnten Malheur mit dem Buch «Flug mit Elisabeth» berichtet!

«Ich hatte mich in der Sekundarschule in einen deutschen Jurastudenten verliebt, der während des 2. Weltkriegs Pilot der deutschen Wehrmacht gewesen war und bei uns den Sommer über als Landdienst im Einsatz stand. Von den Erlebnissen als Flieger hat er uns abends Geschichten über Geschichten erzählt. Vater und Mutter ahnten wohl, dass bei mir etwas gefunkt hatte – so ein Mädchenschwarm, harmlos und bald verraucht, wie sie dachten. Unser Briefverkehr wurde denn auch ohne weiteres erlaubt. Zu Weihnachten schenkte mir Vater oben genanntes Buch. Ich besitze es heute noch. Ein blauer, mit Goldschrift versehener Band. Man sieht ihm das Alter an. Er lag auf drei Estrichen. Auf dem hinteren Buchdeckel ist ein grosser dunkler Fleck, vom Alter schon gebleicht. Dieser stammt aus jenen Weihnachtstagen. Ich hatte das Buch wahrscheinlich aufs Schiefertischli abgelegt, ein Weinglas stand daneben, jemand stiess ans Tischli, das Weinglas schwappte über, genau neben meinem Buch und besudelte es. Ich muss furchtbar ausgerastet sein, so sehr, dass Vater Lunte gerochen hat und mir ohne Zögern den Briefverkehr mit dem deutschen Flieger verbot. Übrigens war der Inhalt des Buches eine wunderbare Liebesgeschichte. Im Buch, ja, da durfte es eine solche sein, aber sicher nicht bei der vierzehnjährigen Tochter. Vater wollte unterbinden was die Zukunft als Lehrerin schon vor Ausbildungsbeginn gefährdet hätte. So dachte er. Indes liess sich ja nichts mehr aufhalten. Was das Erlebnis jenes Sommers aufgebrochen hatte, war nicht rückgängig zu machen. Die Schleuse war offen und blieb es, auch wenn der Strom nicht mehr nach Deutschland fliessen durfte.»

Das mit der offenen Schleuse sollte sich früher einstellen, als sich vermuten liess. Schon bevor das Jahr zu Ende war, begegnete ich einem andern faszinierenden, jungen Mann. Auch diese Episode ist im Kindheitsbuch «Eine Kindheit lang» unter dem Titel «Eislaufen» festgehalten:

«Meine Erinnerung sagt mir, dass ich häufig zum Schlitt-schuhlaufen gegangen bin, auch später noch, als ich bereits in der Sekundarschule war. Es muss für mich etwas Fas-zinierendes gewesen sein, mich auf dem Eis zu bewegen. Eislaufen konnte gar eine Kunst sein. Doch auf dem Horber-Weiher war so etwas ja nicht zu erwarten.

Eines Tages aber, ich hatte gerade Weihnachtsferien, tauchte ein junger, schmaler Mann auf dem Eisfelde auf, der mehr konnte als geradeaus fahren. Ja, er übte sogar Figuren und Sprünge, fuhr dann wieder leicht und sicher, fast schwebend über die Eisdecke. Er stammte nicht aus unserer Gemeinde, mischte sich jedoch ganz selbstverständlich unter uns Gotts-hauser. Ich bewunderte diesen fremden Mann und seine Künste. Es war um mich geschehen. Ich ging jeden Tag zum Weiher …

Ich zitiere aus dem damaligen Tagebuch: «Wie im Märchen war der Wald. Alles weiss vom Kick. Durch den Nebel verschleiert, sah ich meine früheren Mitschüler. In der Nähe kreiste ein ‹Vogel› auf dem Weiher. Das war dieser Eiskünstler, Herr Hofmann, hatten sie gesagt. Ja, so wollte ich es auch einmal können. Ich spielte heute nicht Schwarzer Mann. Ich kreiste für mich auf dem glatten Spiegel. Aha, der ‹Eisvogel › kam in meine Nähe und fragte: ‹Kannst du nicht rückwärts übersetzt fahren?›

‹Nein, eben nicht. Ich habe keine Ahnung, wie das geht.›
Er zeigte es mir, fasste mich bei den Händen und fuhr langsam rückwärts. Mit der Zeit begriff ich die Hexerei. Wenn ich stolperte, zogen mich seine Hände wieder hoch. Einmal sagte er dabei leise ‹Bssst.›

Um mich war alle Welt vergessen. Immerzu schaute ich auf den Boden und auf seine Schlittschuhe. Er führte mich, und ich spürte seine warmen, weissen Hände. Irgend etwas war geschehen mit mir. Aber plötzlich war der Traum aus und er ging nach Hause …

Andern Tags schritt ich wieder durch den Wald. ‹Er wird nicht da sein,› dachte ich. Ich wusste nun ja um die Grundbegriffe dieser neuen Fahrkunst und konnte alleine lernen. Da – auf der Bank, die auf dem Damm stand, sass der ‹Eisvogel› mit seinem grauen Pullover. Ich blieb ruhig und tat, als ob ich ihn nicht bemerkte. Bald darauf glitt er wieder elegant übers Eis und machte seine Sprünge. Als ich ihm einmal näher kam, fragte er: ‹Geht's schon besser?›

‹Ja, es geht schon ein wenig›, antwortete ich.
Dann fasste er mich wieder bei den Händen und wir fuhren

zusammen über den Weiher. Wir waren allein. Die Schulkinder sassen im ‹Sternen›, in der Nachmittagsvorstellung des Vereinstheaters. Allmählich kamen wir ins Gespräch, von der Schule, vom Beruf. Dabei wechselten wir mit zu Zweit-Fahren und Allein-Fahren ab und ruhten zwischendurch einen Augenblick aus. Immer wieder reichte er mir seine weichen, schönen Hände, und wir glitten zu Zweit übers Eis …

Die Zeit verflog im Nu. Ich musste heimgehen. Der ‹Eisvogel› ging auch. Die Schüler kamen zwar gerade vom Theater. Aber er blieb nicht. Ich ‹krackselte› das Dammbord hinauf, wo er schon sass. Ich sah nicht mehr in sein Gesicht. Ich sagte, irgendwo hinschauend: ‹Adieu Herr Hofmann, ich danke ihnen noch vielmals.›
‹Ich danke dir für deine Gesellschaft,› kam's von ihm zurück.

Ich schlenderte durch den Wald heimwärts. Nein, nicht mehr zurückblicken. Ich muss dieses Bild vergessen. Durch die lichten, hohen Tannen sah ich auf der gegenüberliegenden Seite seine Gestalt. Leicht vornübergebeugt schritt er mit seinem grauen Pullover durch den Dunst des Nebels. Ich wusste, es ist das letzte Mal, dass ich ihn sehe. Der ‹Eisvogel› verschwand im Nebel. Seine Wirklichkeit war ausgelöscht …»

Heinz, begreifst du das? So schnell fasste ich Feuer für einen andern jungen Mann!? Ich habe mich nicht einmal geschämt –

damals! Es war einfach passiert, und es brachte mein erwecktes Herz auf Hochtouren. Da war kein Platz für Moral!

Meine Cousine schreibt mir auf meine Mitteilung, dass ich Heinz nicht mehr schreiben dürfe:

Basel, 12. Januar 1949

Meine liebe Gret,

darf ich Dir so sagen? Du hast so unterschrieben und es gefällt mir, ausserdem kann ich Dir ja nicht ewig Gretli sagen. Es freut mich, dass ich Dir mit meinem Büchlein Freude machen konnte, und erst noch eine grosse. Ich freue mich schon, bis wir unsre Sprüche austauschen können … Lies auch die Sprüche auf dem Kalender von unserem Geschäft. Gestern zum Beispiel war ein sehr schöner von Tolstoj: ‹Man kann ohne Liebe Holz spalten, Ziegel formen, Eisen schmieden, aber mit Menschen darf man nicht ohne Liebe umgehen. Zwar kann man die Liebe nicht zwingen, wie man sich zur Arbeit zwingen kann, aber daraus folgt nicht, dass man mit den Menschen ohne Liebe umgehen darf. Wenn du keine Liebe zu den Menschen empfindest, so halte dich fern. Beschäftige dich mit dir selbst oder mit irgendwelchen Sachen, aber nicht mit Menschen.› Was denkst du? Ich finde ihn gut, obwohl ich ihn nicht ganz verstehe …

Gret, warum darfst Du Heinz nicht mehr schreiben? Haben es Dir Deine Eltern verboten? Und warum wurde es Dir gerade an Weihnachten verboten? Nein, Erbarmen ist nichts, aber denke, dass ich weiss, ganz bestimmt, wie Dir zu Mute ist ... Wenn Du auch jetzt denkst, dass Du nur Heinz lieben kannst, gibt es vielleicht doch einmal einen Menschen, den Du ebenso fest liebst. Sicher sogar. Oder Du wirst ihn wieder sehen und wirst glücklich sein wie vorher. Du musst nur nicht warten darauf. Warten zermürbt und macht Dich unglücklich. Begreifst du mich? Vielleicht ist es egoistisch von mir, wenn ich Dir von meinem Glück erzähle, da Du so wenig vom Glücklich sein durch die Liebe spürst. Aber ich muss es jemand erzählen, am liebsten würde ich es der ganzen Welt sagen ... mein Herz ist so voll und schwer vor Glück ... Ich möchte Dich bald wieder sehen, ich kann Dir dies alles viel besser erzählen als schreiben ...

Ciau Gret, schreibe mir doch, wann Du Frühlingsferien hast. Ich möchte so gerne, dass Du zu uns kommst.

Mit den herzlichsten Grüssen
E.

Am 20. Januar 1949 kam ein Brief von dir. Im Tagebuch von damals steht dazu:
«Ich öffnete den schon einmal geöffneten Brief (Briefzensur nach dem Krieg). Lang war er. Das war nun also der letzte

Brief von Heinz, den ich empfangen durfte. Nun musste ich halt auch schreiben – meinen Brief, so bitter – er dürfe mir nun nicht mehr schreiben. Das Blatt zitterte in meinen Händen. Warum fällt mir nun alles doch so schwer? Ich wollte doch gefasst sein!

Da ging durch mich ein leises ‹Danke›, und ich sann: Wie wäre das nun, wenn ich den ‹Eisvogel› nie gesehen und seine Hände nie gespürt hätte, wenn alles Sinnen immer noch ganz allein an Heinz hangen würde? Ja, dann würde ich diesen Moment nicht ertragen. Ich betete: ‹Gott, lass mich Heinz nun das Rechte schreiben, dass er mich begreift …»

So war das also mit mir. Die Begegnung mit dem ‹Eisvogel› erleichterte mir die aufgezwungene Absage an dich!

Und nun dein langer, vermeintlich letzter Brief:

Münster, 16. Januar 1949

Liebe Gret!

Nach turbulenten und arbeitsreichen Wochen ein Sonntag, der zwar auch dem Studium gewidmet sein müsste, aber ich will, nein ich muss Dir und Euch allen in Störshirten diesen Gruss senden. Dank für Eure Briefe, die mich alle erreichten, auch der von Grossmutter, und die ich nach und nach beantworten werde. Die Weihnachtstage waren im Verein mit meinen Eltern und einem heimatlosen, ostdeutschen Kameraden recht glücklich, und ich muss hinzufügen, dass ich vor allem Deinen Eltern das zu verdanken habe, die mich durch das Liebesgabenpaket in die Lage versetzten, Freude zu bereiten. Es wäre undankbar von mir, Euch die Freude und die strahlenden Augen zu verheimlichen, die auch ältere Menschen, hinter denen viel Kummer liegt, noch aufbringen können. Aber ich will nicht stereotyp in das alltägliche Gespräch abfallen, und zu allem habe ich meine grundsätzliche Stellung schon betont. Gewiss, leider Gottes, sind wir noch in der Lage, dass wir dankbar sein müssen, empfangen zu können und bitter traurig ist es, dass wir noch nicht geben können. Dank, Dank, Dank aus vollem Herzen. Aber ich möchte nicht, dass Dein Vater, Deine Mutter, ja Ihr alle, die Ihr hart arbeiten müsst, Euch noch sorgt um mich und meinen Aufgabenkreis. So nötig die Hilfe und so nahe man manchmal der Verzweiflung ist, liebe Gret, schau mich an, kann ich nicht allein fertig werden? Wenn das Herz, liebe Gret, sich zusammendrückt, wenn eine Last beginnt schwer zu werden, dann fange ich zu singen an, dann lache ich, ja dann bete ich auch, und mit Schwung und gelöster Freude geht es in den nächsten Tag. Wir heissen die Welt offen, wir die jungen Menschen, wir, die wir noch blitzen können mit den Augen, die wir lachen können über den Kummer, aber die wir auch still und demütig und ehrfürchtig sein können vor denen, die unsere Eltern sind, Ehrfurcht überhaupt vor denen, die grauen Haar's vor uns einst jung waren.

Und täglich müssen wir es uns sagen, werde nicht einer von den Vielen, die in Zügellosigkeit und Ausgelassenheit kein Gesetz und Gebot mehr kennen, die mit tränenverschleierten Augen die Sonne nicht mehr sehen, weil sie sich selbst in ihrer Gier den Glanz der Augen zerstören. Leider sehen wir auf den Tanzböden, in verrauchten Bars und Kinos nicht den Typ der strahlenden, hoffenden und liebenden Jugendlichen, sondern die gierigen, triebhaften, die über jede Enttäuschung weinen, anstatt sich selber zu beklagen und zu beweinen.

Schau, da liegt ein Schlüssel unseres Glücks und unserer Jugend. Wenn ich Dich nicht als die Gefährtin meines Sommers noch vor mir stehen sähe, wenn ich nicht wüsste, dass Du mit den Augen blitzt und glänzt, dann würde ich Dir diese trübe Erfahrung, die uns auf Schritt und Tritt begegnet, nie erzählen. Aber wir, die Jungen, müssen jeder an seinem Ort die Wache halten für die schöne, die gute Zukunft. Wenn wir die Augen nicht blank und rein behalten, dann finden wir den Weg nicht. Und finden müssen wir ihn. Nun, ich freue mich schon bei dem Gedanken, ich freue mich bei diesem Brief, ich möchte fast ein Lied singen, aber das geht nicht, ohne die andern zu stören. Gretli, so kann man Berge versetzen, Bäume ausreissen und was Du sonst noch willst.

Du hast mich vor kurzem einmal gefragt, wieso ich mich über Deinen Brief hätte freuen können, obwohl er doch nur Klage gewesen wäre, Anklage vielleicht, wegen meiner Schreibfaulheit. Nun, warum? Weil ich empfunden habe, dass auch Du den Ringkampf mit Dir selbst, um die Überwindung der falschen Eindrücke und zur Erreichung der Freude gewonnen hast. Vielleicht wirst Du jetzt sagen, das verstehe ich nicht, aber sieh mal, wenn wir uns den Weg freikämpfen, wenn wir beginnen mit eigenen Augen zu schauen, dann gibt es immer zwei Wege, der eine ist Abstieg, der andere Anstieg. Der Anstieg ist der richtige, der schöne, aber auch der schwere; der Abstieg dagegen ist der falsche, schlechte, aber auch der verlockendere, der leichtere. Und ich habe aus diesem, gerade diesem Brief gelesen, dass Du die Gefahr gebannt hast. – Später schreibe ich hiezu mehr.

Heute noch eine Nachricht. Am 1. Februar fahre ich für drei Wochen zum Studieren nach Schweden. Wir sollen zu 20 Studenten dort Eindrücke gewinnen und die Kunde von Deutschland bringen. Du weisst, was das heisst: «Völker versöhnen, Verständigung schaffen von Mensch zu Mensch!» Eine schöne Aufgabe und ich fahre gern und freudig, wenn man nur nicht so viele dringende Aufgaben zurücklassen müsste. Sieh, unsere Familie ist durch die Tatsache, dass meine drei Brüder als Soldaten in den Tod gingen, auf meine Hilfestellung angewiesen. Diese Aufgabe darf man nicht leichtsinnig vernachlässigen. Wenn auch nicht darüber gesprochen wird, so erwarten die Eltern die Hilfe doch, vor allem da, wo sie allein nicht fertig werden. Wir haben uns verständigt und ich fahre mit Freuden und im Vertrauen, dass hier alles gut geht.

Ich werde Euch einen Bericht senden, sobald es geht, sicher aber noch einmal vor meiner Abfahrt.

So bleibe ich mit herzlichen Grüssen an alle daheim

Heinz

Bitte sende mir doch sofort alle Geburtstagsdaten, denn ich bin mir nicht sicher, ob ich sie alle richtig im Kopf habe. H.

Lieber Heinz,

dieser Brief wühlte viel in mir auf. Ich kann mich dessen kaum erwehren, weiss nicht, wo und womit ich beginnen soll. Das erste was mir in die Augen, nein ins Herz springt, ist der eindringliche Ton, der von Anfang bis Schluss durchgezogen wird. Auch du musst übervoll von unterschiedlichen Gefühlen und Dingen gewesen sein, die du mir herübergeben wolltest. Da ist einmal dein fast überschwängliches Danken für das Weihnachtspaket mit dem Bedauern, dass Ihr selber noch nicht geben könnt. Und wieder der Ruck, den du dir in der sich meldenden Verzweiflung gibst: «Liebe Gret, schau mich an, kann ich nicht allein fertig werden?» Als brauchtest du hiefür eine Bestätigung von mir! Nein, du brauchst sie nicht. Du hast deine Lebenspfeiler tief gegraben. Du singst, lachst, betest und gehst mit Schwung und Freude in den nächsten Tag. Vor kurzem schrieb ich ein kleines Gedicht, das wie ein Echo auf diese Briefstelle klingt:

Ich will diesen Tag lieben
als wär er ein guter Tag

Ich will diesen Tag bestehen
als wär er ein leichter Tag

Ich will diesen Tag füllen
als hätte ich alle Fülle der Welt

Ich will diesen Tag leben
als wär er ein kostbarer Tag

*Dieser Tag **ist** kostbar*
sagst du

Ich musste ein beachtliches Alter erreichen, bis ich das so schreiben konnte. Und es klappt auch heute noch nicht jeden Tag! Du warst keine Dreissig und schon weise! Das würdest du nicht gelten lassen. Du preist die Jugend, eine Jugend, die aus reinem Herzen lacht und mit den Augen blitzt. Du verachtest das Zwielichtige, die Gier, die Zügellosigkeit. Sie zerstören den Augenglanz. Der Schlüssel zum Glück liegt im Suchen und Finden des eigenen Wegs – mit blitzenden, glänzenden Augen – «und finden müssen wir ihn!» und Wache halten für eine schöne, gute Zukunft!

«Wenn ich Dich nicht als Gefährtin meines Sommers noch vor mir stehen sähe, wenn ich nicht wüsste, dass Du mit

den Augen blitzt und glänzt …» Lieber Heinz, das hat mich aus den Socken gehauen – 60 Jahre nach unserer Begegnung! Wenn das keine Liebeserklärung ist!

Das Überraschende ist, dass du mich die Gefährtin meines Sommers nennst. In all den Briefen vorher schimmerte nie durch, was ich dir bedeutete. Und vor lauter Informationen über dein Heimatland, seine und eure Nöte, kam ich nicht vor. Ich weiss, das Vertrauen, das du in mich setztest, ich werde dich verstehen, ist auch eine Auszeichnung. Aber die ganz persönliche Nähe, die uns als Gefährten jenes Sommers verband, sprachst du nie mehr an – bis zu diesem Brief.
Heute macht mich glücklich zu wissen, die Gefährtin Deines Sommers gewesen zu sein, deren Augen blitzten und glänzten!

So bin ich denn der inneren Stimme gefolgt und habe den Titel dieses Buches vom «Blatt aus sommerlichen Tagen» in «Gefährtin eines Sommers» umgetauft. Du schriebst «Gefährtin meines Sommers». Es war dein wie mein Sommer. Nur wussten wir das damals noch nicht. Heute kommt mir deine Formulierung wie ein Freud'scher Verschreiber vor!
Und noch etwas, dieses Buch wäre ohne diesen Brief wohl nie geschrieben worden. Als ich deine Briefe, nach deren Fund auf dem Estrich, eher überflog als las, fuhr mir genau dieser Brief unter die Haut. Es war die Stimmung oder die Nähe unter Vertrauten die er vermittelte, die mich den Atem anhalten liess, die mir einen Stoss versetzte. Was hatte ich da verpasst, missachtet, leichthin sausen lassen – 60 Jahre lang!?

Du hieltest Wache für eine schöne Zukunft. Nur schon der Gedanke daran, liess dich jubeln, «ich freue mich bei diesem Brief, ich möchte fast ein Lied singen … Gretli, so kann man Berge versetzen …» Was warst du doch für ein aufgestellter Mann! Und nochmals trittst du nahe an meine Seite und erklärst mir, warum dich mein klagender Brief dennoch gefreut hat. Du glaubst festgestellt zu haben, dass ich «den Ringkampf mit mir selbst» gewonnen habe. Eine hohe Meinung von mir, eine viel zu hohe! Meine Tagebücher sprechen eine andere Sprache. Gekämpft habe ich wohl – an vielen Fronten, inneren und äusseren – aber gewonnen habe ich nur selten oder nur teilweise. In der Pubertät ist das so eine Sache mit dem richtigen Weg finden. Wenn da die selbsteigene Kompassnadel im Nebel des zu sich selbst erwachenden Menschen nicht immer wieder kräftig ausschlüge, wer weiss, wo wir landeten. Nicht zu unterschätzen die Ereignisse und die Menschen, die einem bei diesem Aus-den-Kinderschuhen-Wachsen, unterstützen. Meine Seminarzeit in Kreuzlingen war für mich in jeder Hinsicht wegweisend und bildend.

Heinz, ich freue mich sehr, dass dir mit andern Studenten zusammen dieser kurze Auslandaufenthalt vergönnt ist. Eine Aufgabe so recht nach deinem Herzen. Und dabei erfahre ich, so ganz nebenbei, vom Tod deiner drei Brüder während des Krieges. Ich glaube nicht, dass ich das zuvor schon wusste, vielleicht aus den abendlichen Kriegsgeschichten. Und wenn, so konnte ich es mir ganz einfach nicht vorstellen, was das bedeutete. Ich kann es mir auch heute noch nicht vorstellen. Uns ist erspart geblieben, ein eigenes Kind zu verlieren. Eine Ahnung allerdings habe ich als Kind davon bekommen, als mein Bruder mit sieben Jahren durch einen Unglücksfall aus dem Leben gerissen wurde. Du und deine Schwester blieben also die allein überlebenden Kinder deiner Eltern. Ich glaube, ich vermag deine liebevolle, verantwortungsbewusste Fürsorge für deine Eltern zu spüren. Alles ist arrangiert für sie während du fort bist, und du fährst mit Freuden nach Schweden!

Damals konnte ich aus verständlichen Gründen diesen Brief nicht mehr geniessen und mich daran freuen. Der Abschiedsbrief an dich sass mir im Nacken. Ich habe, den Tagebuchnotizen zufolge, noch recht lange damit zugewartet. Und nun, da du den Schwedenaufenthalt anmeldetest, bekam ich nochmals Aufschub. Das war gut. So kam von dort ein ganz normaler Brief, als ob noch alles im Lot gewesen wäre.

Lund, 26. Februar 1949

Liebe Gret!

Euren Brief habe ich sehr schnell erhalten und bin herzlich dankbar, dass eine verhältnismässig weite Reise und zwei dazwischenliegende Grenzen die Verbindung nicht stoppen konnten. Du kannst Dir denken, dass die hiesigen Wochen sehr anstrengend sind. In der Hauptsache ist es ein Kursus über schwedisches Recht mit jeweils langen Diskussionen. Zwischendurch liegen die unzähligen privaten Unterhaltungen politischen Inhalts, mit gutem Verständigungswillen und realisierbaren Schlussfolgerungen. Und nicht zuletzt bedeuten die vielen offiziellen Empfänge und Feierlichkeiten und die mannigfachen Feste eine besondere Beanspruchung, zumal der Schlaf dabei völlig entfällt.

Zum Schreiben bleibt also sowohl zu wenig Zeit, als auch wenig Konzentrationsmöglichkeit. Man ist mit seinen Gedanken immer in hochgradiger Anspannung, aber mit Freude gehen die Gedanken zurück zu all den Freunden. Und dafür soll auch dieser Brief ein Zeichen sein.

Mit lieben Grüssen an Dich und alle daheim und herzlichen Dank für die Grüsse

Heinz

Nach meiner Rückkehr werde ich genauer berichten.

Lieber Heinz,

Dein Gruss aus Schweden schlug wahrscheinlich wenig Wellen bei mir. Musste er auch nicht. Es war nicht mehr als eine Mitteilung an die gesamte Familie.

Beim Durchforsten meiner Tagebücher von damals, ist mir eine merkwürdige Stelle unter die Augen gekommen. Am 28. Februar

1949 steht: «Als ich den Brief von Heinz leise vorlas, stand Willi, (ein Knecht von uns), wie schon zweimal, auf und ging weg. War es, weil er jeweils nur den Anfang hören wollte?»

Musste ich jeden Brief der ganzen Familie samt dem Knecht, vorlesen? Das schaudert mich. Vielleicht gab es aber noch Briefe an die ganze Familie?

Das letzte Quartal meines zweiten Realschuljahres muss streng gewesen sein, wahrscheinlich nicht zuletzt der schwelenden Ereignisse wegen.

Da oblag mir seit Wochen die Pflicht, dir, Heinz, unsere Brief-freundschaft aufzukündigen und sie zog Kreise bis nach Basel. Vater oder eher Mutter, hatte herausgefunden, dass ich meiner Cousine von meinen Liebesgefühlen geschrieben habe, und diese mir daraufhin von den ihren berichtet hat. Der nächste Brief meiner Cousine enthielt nur noch Sprüche und am Rand hingeklebt einen Gruss von ihr. Im Tagebuch steht: «Meine Eltern wissen nicht, wie sie mich quälen, indem sie mir beide Briefwechsel abschnüren! Ich werde es dulden und bald wird auch der Abschiedsbrief an Heinz abgehen. Kraft und Mut wird es brauchen, ihm zu schreiben. Aber ich tue alles, fällt es auch noch so schwer, meinen Eltern zu lieb, damit kein Verdacht vorliegt.»

Ebenfalls Ende Februar findet das Handharmonika-Konzert im «Hecht» in Bischofszell statt. Es soll auch eine Gesangsein-lage, bei der ich mitmache, vorgetragen werden. Grosse Ängste bedrücken mich deswegen. Ich musste Vater alle Stücke fürs

Konzert vorspielen und die zwei Lieder vorsingen, die ich mit einer Kollegin vorzutragen hatte. Es gab Tränen dabei. Vater musste mir gut zureden, dass ich den Mut wieder fasste, es mir zuzutrauen.

Ich bekomme danach Mumps und geniesse das Kranksein ein wenig. Ich bereite mich für den Vortrag über Ungarn vor. Das Thema wählte ich sicher, weil Vater Alexander, den Ungarn, bei uns eingestellt hatte. Mit unverhohlenem Stolz berichte ich im Tagebuch über den geglückten Vortrag, den ich auswendig vor der Klasse hielt und dafür am Schluss ein Bravo des Lehrers einheimste.

Das Schuljahr neigt sich dem Ende zu. Wir nehmen Abschied von den 2. Realschülern, die nicht mehr mit uns in die dritte Klasse kommen. Vorher findet ein ausgelassener Fasnachtsnachmittag und Abend bei tiefem Schneegestöber im Oberwald statt. Ende März ist Examen, und am 2. April fahre ich in die Ferien nach Basel, die in Weggis, im Ferienhaus meiner Verwandten, beginnen.

Bevor das über die Bühne geht, kommt nochmals ein Brief von dir, wieder aus Deutschland, der noch nicht beschattet ist vom längst feststehenden Abbruch unserer Verbindung.

Das, lieber Heinz, musstest du einfach noch wissen. Vielleicht wäre manches für dich klarer gewesen, wenn du über die Hintergründe Bescheid gewusst hättest. Auf der andern Seite hast

du dadurch dein Andenken an Störshirten und seine Bewoh-
ner rein halten können von menschlichen, allzu menschlichen
Schwächen und damaligen Denk- und Moralvorstellungen auf
dem Lande.

Und nun freue ich mich auf den letzten, wirklich letzten unbe-
lasteten Brief von dir!

Neheim-Hüsten, 19. 3. 1949

Liebe Gret!

Nimm als Erste für alle einen Gruss nach meiner Rückkehr entgegen. Heute vor einer Woche betrat ich wieder
deutschen Boden und freute mich darauf, mit einem so
positiven Erlebnis nach Hause zu kommen. Mein Herz
brannte darauf, den Menschen in unseren Landen von
der Freundschaft und dem Verständnis erzählen zu können, denn was wir erlebten war wie bei Euch, eine Gemeinschaft von Herz und Seele aller Menschen. Es ist
schade, dass mir diese Freude, durch die katastrophale
Situation in meiner Familie und die besorgniserregende
wirtschaftliche Lage meiner Heimat (in Form hoher Ar-
beitslosenziffern) ein wenig verdorben wurde. Nun, ich
habe mich wieder gefangen und die Gespräche und Berichte, die ich an allen Orten geben muss, verlangen viel,
viel Zeit. Aber, und das will ich hoffen, sie haben den

Erfolg, dass unser Volk im Vertrauen auf eine glückliche Zukunft, den Frieden mit aller Macht erstrebt und immer festhält. Die Erfolge einzelner Menschen sind immer nur gering, gemessen an dem grossen Weltgeschehen, aber Grosses baut sich aus viel Kleinigkeit auf. Wäre das nicht so, dann würde ich jede Stunde bedauern, die ich für diesen Zweck meinem Studium entzogen habe. –

Es nimmt mich immer Wunder, warum die Welt in Streit lebt, obwohl die Menschen sich so gut verstehen. Ich bin jetzt mit so vielen verschiedenen Menschen beisammen gewesen und machte überall gleiche Erfahrungen. Die Wochen in Lund brachten mich nicht nur mit den schwedischen Gastgebern, sondern auch mit Finnen, Dänen, Norwegern, Engländern, Holländern und Amerikanern zusammen. Du hättest sehen sollen, wie wir uns gefreut haben. Ich hätte Dir gern diesen Norden gezeigt, ausgehend von der Weltstadt Hamburg, hinauf entlang der Nordsee durch Holstein und Schleswig nach Jütland in die dänische Hauptstadt Kopenhagen. Es wäre sicherlich ein grosses, neues Erlebnis für Dich gewesen, mit dem Zug auf der Fähre über den Belt zu fahren und nachher über die Ostsee nach Malmö. Gewiss der Norden ist landschaftlich keine Schweiz, ein wenig trist und öde. Aber diese Weite und der Sturm der See lässt etwas von den Gewalten der Welt ahnen.

Neben all diesen landschaftlichen Eindrücken waren die Menschen mit ihrer Eigenart und die Begegnung mit der fremden Kultur und Wissenschaft für mich ein gewaltiger

Gewinn. Wir alle haben einen Weg gebahnt für die Verständigung der Völker und sind fest entschlossen, keinen Einbruch des Unfriedens unter uns jungen Menschen mehr zuzulassen.

Ich will Dein Herz, das sich sicherlich auch in die Weite dieser Welt drängt, nicht im Uebermass unruhig machen. Aber die Bereitschaft fremde Einflüsse anzuerkennen, muss ein neuer Zug in unserer starrköpfigen Welt werden.

So will ich meinen ersten Gruss aus der Heimat beschliessen mit den besten Wünschen für Euer geliebtes Störshirten und Eure Familie, die mir eine Heimat ist in der Hoffnung auf ein Wiedersehen.

Heinz

Lieber Heinz,

schwungvoll und frisch vom Herzen weg hast du geschrieben! Diese Reise hat dich beflügelt, vor allem der aufstellenden Kontakte wegen. Und wieder erlebtest du eine Gemeinschaft «von Herz und Seele» wie bei uns in jenem Sommer. Diesmal sind es Menschen aus vielen Nationen. Waren das vornehmlich Studenten aus andern Ländern? Nun, wieder daheim, gibst du weiter, was Du erfahren hast in den Begegnungen und Gesprächen für den Frieden, für eine glückliche Zukunft. Du vertraust darauf: «Grosses baut sich aus viel Kleinigkeit auf!»
Gerne wüsste ich, welcher Art die katastrophale Situation

deiner Familie gewesen ist, als du heimkamst. *Gerne hätte ich auch etwas von deiner Kraft und Lebenszuversicht, die nach solch niederdrückenden Begebenheiten im Familienverband wie auch im Land selber, die Sicht für das «Grosse» nicht verliert. Schnell hast du dich wieder gefangen und gibst an allen Orten Kunde von dem, was du in Schweden erlebt hast.*

Du kommst dann ins Schwärmen vom Reisen, schilderst den Norden, ausgehend von der «Weltstadt Hamburg». Du nimmst mich mit bis auf die Zug-Fähre über den Belt und bis nach Malmö. Ach Heinz! Damals hat mich deine Begeisterung wahrscheinlich nicht sonderlich berührt. Ich hatte anderes vor mir. Die Lust, die Sehnsucht zu reisen, ist erst viel viel später gekommen! Zuerst kam meine Berufswahl, die Berufsausbildung, die Gründung einer Familie, vier Kinder aufziehen, und mit 50 begann ich das Psychologiestudium und absolvierte nach deren Abschluss noch eine Beraterweiterbildung. Klar wollte ich jetzt noch etwas von der Welt sehen. Aber, da war es mir nicht mehr vergönnt. Der Gesundheitszustand meines Mannes vereitelte meine Reisewünsche.

Du hast mir also damals mein Herz mit so ansteckenden Reiseschilderungen – selbst an deiner Seite – nicht «im Übermass unruhig gemacht.» Manchmal verkehren sich scheinbar die Eigenschaften, die man bestimmten Lebensaltern zuschreibt. Für eines kannst du unbesorgt sein, heute reisen Jung und Alt in der Welt herum, dass man glauben könnte, das Seelenheil hinge davon ab, was man alles gesehen haben müsste! Daraus spricht nun ganz offenkundig mein Neid. Aber, immerhin, in Hamburg waren wir und noch in mancher deutschen Stadt, da unsere älteste Tochter seit über 25 Jahren in Deutschland wohnt. Auch in Israel waren wir, anlässlich einer Konzertreise meines Mannes, der im Nebenberuf Sänger war. Anlässlich meines 60-sten Geburtstags reisten wir nach Ischia. Der Süden hat es mir ganz besonders angetan. Der Süden ist wie gemacht für die Sehnsüchtigen. Ich fristete also nicht nur ein Mausloch-dasein! Dennoch, das Reisen bleibt sehnsuchtsbesetzt. Darf es auch. «Nur wer die Sehnsucht kennt», das wusste schon Goethe, «kennt euch, ihr himmlischen Mächte!»

Der Schluss deines Briefes, betrübt mich. Du grüsst uns, in der Hoffnung auf ein Wiedersehen. Und genau jetzt musste ich dir eröffnen, dass unser Briefverkehr abgebrochen werden musste. Ob ich dir wohl den Grund dafür geschrieben habe? Das Malheur mit dem Buch «Flug mit Elisabeth» brachte meine Gefühle für dich an den Tag, und das konnte und durfte nicht geduldet werden nach der Ansicht meiner Eltern. Leider finde ich im Tagebuch von damals keine Hinweise, die etwas über den Briefinhalt verraten. Nur immer die Klage, dass ich dir noch nicht geschrieben habe. Im März, noch vor dem Realschulexamen, muss ich endlich zur Feder gegriffen haben.

Im ausführlichen Tagebucheintrag über meine Ferien in Basel erfahre ich endlich, was ich angestellt hatte mit den Briefen an meine Cousine und wie Vater und Mutter über die Episode dachten.

Die Ferien in Basel, die im «Sunntighüsli» in Weggis begannen, waren Balsam für meine Seele. Ich schwelge in den höchsten Tönen davon und halte mit ungelenken Sätzen die vielfältigen Erlebnisse im Tagebuch fest. Für Abwechslung war mehr als gesorgt, und die bange Frage an meine Cousine wegen unseres verbotenen Briefverkehrs und was sie, die Basler, über Heinz wissen, musste ich lange zurückstellen. Eines Tages fasste ich endlich Mut und fragte sie danach. Sie wollte zuerst nicht recht herausrücken, aber dann legte sie los:

«Es war so, als du mir nicht mehr schreiben durftest, wurden wir alle wild, namentlich Margrit. Als dann Onkel Hermi zu uns kam, stellte ihn Mama zurecht und fragte ihn nach dem Grund des Briefverbots. Vater sagte, sie hätten gesehen, dass ich so ‹Liebeszeug› von Heinz nach Basel geschrieben habe. – Wegen Heinz hat er natürlich auch alles erzählt, wegen dem Buch – und dass er mir diese Freude nur gelassen hätte, weil ich so viel auf Heinz gehabt hätte.» Elsi tröstete mich und meinte: «Gretli, es gibt noch tausende von Burschen!» «Ja, das habe ich bereits erfahren,» fügte ich trocken bei. Inwendig dachte ich: «Nein, es gibt nicht tausende, die mir Freund sein können, nein – ich muss warten, bis ich meinen Gefühlen, die von einem zum andern gehen, Meister bin.»

Die Ferien in Basel verliefen für mich, als wär' ich auf einem andern Stern gelandet. Die vielen Kontakte, die ganz andere Lebensart, Natur und Stadt nahe beisammen. Ich wurde ins Kino und ins Stadttheater mitgenommen. Lange Spaziergänge mit dem Hund, dem andern Ferienkind oder mit Elsi durch schöne Landstriche, im üppigen Frühling jenes Jahres, liessen mich aufleben und alles ganz bewusst geniessen. Die ausführlichen Tagebucheinträge belegen das aufs Schönste.

Vater hat wahrscheinlich mit Genugtuung vernommen, wie mir die Luftveränderung bekommt. Er schrieb mir in schöner Handschrift nach Basel:

Störshirten, 4. April 1949

Liebes Gretli!

Überraschend schnell erhielten wir heute schon Deinen Brief. Es freut mich, dass Du so schnell Zeit für uns gefunden hast. Also meinen besten Dank, namentlich auch für den langen Reisebericht, durch den ich mich mit viel Mühe durchgekämpft habe. Das ist wieder einmal so recht meine Greta, sitzt im Zug und schreibt von Hauptwil bis nach Luzern. In Zürich wird auf das Znüni essen verzichtet und von der Landschaft und der frischen Luft gelebt. Also, Du bist gut gereist und glücklich in Weggis angelangt, das ist die Hauptsache.

Hoffe gerne, dass die Luftveränderung, die ganz andere Umgebung und die vollständige Ausspannung von geistiger Arbeit, Dir nachher wieder Mut und Schaffensfreude bringe, damit Du wieder neu gestärkt in Waldkirch Dein 3. Realschuljahr anfangen kannst. Gönn Dir auch Ruhe, schlafe und esse viel und mach Dich aber auch nützlich, nicht dass ich pro Tag 6 Franken Kostgeld zahlen muss.(Das war natürlich ein Scherz.)

Und nun, wie hast Du Dich in Basel eingerichtet? Ich meine, wie ist Dein Tagesprogramm? Erwarte gerne einmal einen kleinen Bericht. Bei uns geht alles seinen gewohnten Gang, nur dass morgens und abends meine Greta fehlt. Das schöne Wetter hast Du offenbar auch mit nach Basel genommen, denn seit Du fort bist, regnet es in Strömen. Nun, das ist für mich ein Grund zum etwas Innenarbeit machen. Die Erbsen und den Hafer haben wir glücklich gesät und die Äcker schön in Ordnung gebracht. Heute habe ich einen schönen Muni gekauft; Maieli kam mir entgegen und meinte: «Ghört da min Muni?» Im Stall jedoch, als er sehr wild tat, meinte sie: «Vater, en andere Muni, dä isch jo bös!»

Hoffentlich macht Dir der Aufenthalt in Basel viel Freude und nützt Dir ein wenig, Dein oft etwas rasches und herbes Urteil zu mildern und einem ruhigen, ergebenen sich Fügen den Boden ebnen. Also recht gute Ferien und auf ein fröhliches Wiedersehen.

Noch freundliche Grüsse von allen, namentlich von Grossmutter, Mutter und von Deinem Vater

H. Weber

Unterdessen gingen die Ferien in Basel dem Ende entgegen – sehr zu meinem Leidwesen.

Im Tagebuch steht: «*Ich spürte langsam den Abschied. Mir wurde schwer. So kurz waren die Ferien. Jetzt, da es interessant wurde, musste ich gehen … Am letzten Abend vor dem zu Bett gehen, stand ich noch eine Weile auf dem Balkon. Es war dunkel, nur am Horizont eine blasse Röte. In der Ferne hörte ich zum letzten Mal das vertraute Rumpeln der Stadt – es klang wie eine ferne Melodie … Eine Menge Gedanken brannten in mir … Ein deutscher Nachtzug, schwarz, mit beleuchteten Höhlen durchbrochen – gleich einer schwarzen Schlange – raste vorbei.*

In dieser Nacht träumte ich von Heinz. Ich hatte ihm ja den Abschiedsbrief geschrieben. Im Traum bekam ich von ihm, auf einer bildlosen Karte, liebenswürdige Worte: ‹Liebste Gret … ich liebe Dich unendlich … Dein Heinz!› Immer wieder suchte ich die Karte. Aber die Worte darauf sah ich nur beim ersten Mal. So oft ich sie wieder lesen wollte, kam etwas dazwischen, und ich fand sie nicht mehr. Plötzlich stand in einer andern Schrift als von Heinz: ‹Ist vier Wochen krank gewesen.›
Am andern Morgen erinnerte ich mich sofort an diese Träume, sann lange vor mich hin, ich weiss nicht mehr was. Aber eines weiss ich, seit jenem Traum lebt in mir wieder ein lebendiges, starkes Gefühl für Heinz … Ich stand nochmals auf den Balkon. Etwas klang in mir, es galt Heinz. Gedanken an den Sommer huschten vorüber. Es war nicht mehr unangenehm an das Glückliche mit Heinz zu denken … Wie merkwürdig, dass ein Traum in einem etwas Altes, Liebes aufrütteln kann, das vorher nicht mehr da war.»

Wie nicht anders zu erwarten war, tat ich mich schwer mit dem Heimkommen. Ich hing meinem Ferientraum nach, und zu Hause war wieder alles wie vordem. Auch plagten mich die in Basel vernommenen Eröffnungen in Bezug auf Heinz und auf den Briefwechselabbruch auch mit Elsi. Ich wagte Vater zu Rede zu stellen, weil meine Mutter über mein Nachttischli gegangen war, um die Briefe von Elsi zu lesen. Vater hiess das auch nicht gut.

Bei einem späteren Gespräch mit Vater, er hatte mich gebeten, ihm beim «Hagen» (Pfähle für die Weideumzäumung einzuschlagen) zu helfen, sagte Vater laut Tagebuch: «Du musst dir einfach eine Freundin suchen, ich weiss, es gibt Probleme, die ich trotz meinem Verständnis nicht lösen kann!» Ich konterte: «Warum habt ihr mir dann verboten, Elsi zu schreiben?»

«Elsi hat dir eben auch solche Geschichten erzählt. Und ich will nicht, dass es heisst, du habest Kontakt mit einem Ausländer … Da hast du's nun, dass es alle wissen. Das will ich doch nicht. Du bist schliesslich noch nicht konfirmiert. Es ist ein Unterschied ob 15 oder 17 Jahre.»

Ich schwieg und schämte mich. Ich nahm mir vor, nun vorsichtiger zu sein. Aber, dass Vater so abschätzig von Heinz, vom Ausländer gesprochen hatte, ja, dass man dem Ganzen diesen moralischen ‹Tatsch› anhängte, der nicht einmal Halt machte vor der ehrenwerten Freundschaft mit Heinz, die unsere ganze Familie bis anhin bekundet hatte, das gab mir schwer zu schaffen.

Bald darauf, am 16. April, kam Post von Dir, Heinz! Ich erwartete ja keine Antwort, nahm das Briefverbot bitter ernst. Als ich an diesem Tag die Post aus dem Briefkasten in Freihirten nahm, lag zuoberst eine Karte für mich, die unmissverständlich Deine Schriftzüge trug. Auf der Karte stand:

10. 4. 1949

Liebe Gret!

Dank Dir für Deinen Brief. Nimm diesen Gruss als Leitmotiv in Dein Leben und freue Dich, denn ein Sieg über sich selbst ist der grösste. Ich wünsche Dir ein frohes Osterfest

Heinz

«Ich wusste nicht, wie mir geschah», steht weiter im Tagebuch von damals. «Auch als ich es gelesen hatte, wusste ich nicht, was darauf stand. Ich war einfach ganz baff. Eine Antwort auf meinen Brief? Ich drehte die Karte um und las den Spruch, der vorne draufstand. Ich wusste auch hier nicht, was ich gelesen hatte. Alles schien wie ein Traum. Heinz, du schreibst mir noch einmal! Zu Hause erst, als ich langsam den Spruch durchlas, verstand ich alles. Der Leitspruch heisst:

Werde nie eine von den Vielen!
Wahre den Stolz dir als heiliges Licht!
Lerne verachten, der sich erfrecht,
mit deiner reinen Seele zu spielen.
Lass deinen Blick nichts Gemeines streifen!
Biete Einhalt den rauschenden Sinnen,
nur so wirst du den Boden gewinnen,
auf dem deine Träume zu Taten reifen!
Lass dir nimmer dein Leben dichten
von gleissenden Illusionen!
Wenn Ehr und Lieb dir im Herzen wohnen,
wird sich dein Weg selbst nach oben richten.

«*Erst bei genauerem Hinsehen merkte ich, dass der Spruch in schöner Zierschrift von ihm selbst, mit grösster Sorgfalt geschrieben war. Und die Worte waren nicht irgendwo abgeschrieben worden, sondern von ihm selbst verfasst. Ich ahnte, welche Arbeit das gegeben hatte, und ein kleiner Stolz erfüllte mich: Heinz hat doch etwas übrig für mich, sonst hätte er sich nicht so viel Mühe gegeben ... Mir wurde auch klar, Heinz wusste besser als ich, was sich gehört, ihm musste man nicht sagen, wann's genug ist ... Er war schliesslich bald der Herr Doktor und ich ein einfältiges Ding ... Heinz lebte wieder für mich wie damals, als er kurz fort war. Meiner Schwester erzählte ich auf einem Spaziergang zum Weiher, was auf der Karte stand und fügte hinzu: ‹Ich finde es eigentlich wie einen Abschied für immer. Die Worte klingen doch so!› Sie stimmte mir ernst und verständig zu.*»

Ob der Spruch von dir selbst gedichtet war, bezweifle ich heute. Auf jeden Fall passte die Auswahl desselben bestens in deine Lebensphilosophie, und die angesprochenen Anliegen darin trafen denn auch tatsächlich manches, was ich zu meiner Entwicklung und zum Erwachsenwerden wohl nötig hatte.

So ganz ergeben im Loslassen von dir war ich aber doch nicht. Später rufe ich im Tagebuch, gleich einem letzten Aufbäumen, die Worte aus:

«Kehre noch einmal zurück und erfreue meine Seele mit einem Ausweg! Diese Worte nur möchte ich Dir jetzt schreiben. Aber ich werde es nie tun!»

Lieber Heinz,

ich habe es tatsächlich nie getan. Ich war schamlos untreu, schwärmte unbedenklich für andere männlichen Geschlechts. Das war wohl die Antwort auf etwas, das geweckt war, aber nicht gelebt werden konnte.

Den Kontakt mit dir aufnehmen, das wollte ich jedoch später noch zweimal. Es ist beim Wollen geblieben. Das eine Mal versank der Wunsch wieder, weil ich im Seminar meinen festen Freund und späteren Mann kennenlernte. Das andere Mal, in meinen kriselnden Jahren zwischen Familienfrau und dem «Was nun?», erfuhr ich, dass du nicht mehr am Leben warst. Mein Götti, mit dem du noch viele Jahre in Verbindung standest,

117

hatte immer noch deine Adresse. Ich wandte mich an ihn. Bei seinen Recherchen bekam er die amtliche Nachricht von deinem Tod.

Ich liess damals keine richtige Trauer aufkommen. Ich war mit mir selbst zu sehr beschäftigt. Etwas Neues rumorte, das in die Tat umgesetzt werden wollte – was bald darauf mit dem Psychologiestudium seinen Anfang nahm.

Nun bin ich doch noch einmal von dir und von unserm Sommererlebnis im Bann gehalten worden. In zwei Etappen, zuerst mit dem Aufruf zur schönsten Liebesgeschichte in der Annabelle-Zeitschrift und jetzt beim Durchsichten der persönlichen Sachen auf dem Estrichboden. Diesmal schlug der Appell ein, diesmal las ich die Briefe, diesmal hatte ich Zeit, mich in sie zu vertiefen.

So sitze ich nun über der beigen Karte mit Büttenrand und deinem schön geschriebenen Leitspruch. Ich sinne über ihn nach. Er mutet mich etwas zu geschwollen in Ausdrucksweise und Inhalt an. Er weist auf einen Weg, der neben den gewöhnlichen Wegen durchführt, auf einen einsamen Weg. «Werde nie eine von den Vielen!» Was das heisst, folgt gleich darauf. Auch in deinen Briefen stand schon Ähnliches. Den Pfad der Tugend gehen! Den rauschenden Sinnen Einhalt gebieten und Träume zu Taten reifen lassen, den gleissenden Illusionen Widerstand bieten. Ein anspruchsvolles Programm, abgefasst in der Sprache der damaligen Zeit. Solches stand auch in den Poesiealben.

Wenn ich's bedenke, habe ich nicht sehr auf solche Forderungen gehört. Was ich geworden bin, ist in mir drin gewesen, und Erziehung und Umfeld haben mir Boden und Nahrung gegeben, damit das Angelegte sich entwickeln konnte. So sehe ich das heute.

Ich bin auch nicht eine von den Vielen geworden, das wollte ich nie! Das Besondere reizte mich von jeher. Und du warst eben auch etwas Besonderes – kamst wie von einem andern Stern, liessest uns teilnehmen an deinen Erlebnissen, hattest den Status eines gebildeten jungen Mannes, dem zudem noch der Nimbus des Kriegshelden anhaftete! Wie sollten da meine Sinne nicht ins Rauschen kommen und gleissende Illusionen nicht wach werden!?

Du siehst, dein Leitspruch ging neben mir durch, ausser der Anfangszeile, und die wäre nicht nötig gewesen. Trotzdem rührt mich dein Eifer, mich auf einen guten Lebensweg bringen zu wollen. Du traust mir ohne weiteres den Sieg über mich selbst zu. Sogar freuen soll ich mich daran. Das ist bei mir wohl nicht angekommen. Oder wenn, dann bitter. Der Sieg hiess verzichten.

Als ich mit meinem Antwortbrief soweit war, musste ich eine Pause einlegen. Es wurde Abend und Morgen. Plötzlich entrangen sich mir folgende Verse:

Drei Schlucke jungen Weins
aus unberührtem Becher

Die Süsse der Erweckung
Das Staunen der Erweckten
Ein Band für immer

Das Mal auf Stirn und Munde
brennt dir ein Leben lang

Erkennst du darin das Schlüsselereignis?
Wie gerne wüsste ich, was du dazu sagen würdest und wie du
unsere Begegnung im Filter der Jahrzehnte siehst!

Über die folgende Zeit, nach deiner Spruchkarte und meiner
Kapitulation nach dem Wunsch meiner Eltern, liegt nichts
Schriftliches von mir vor. Die 3. Realklasse wird ihren Anfang
genommen haben – eine kleine Klasse von fünf Schülern. Die
meisten absolvierten das dritte Schuljahr nicht mehr. So erfahre
ich auch nichts über meine Reaktion, als von dir zu meinem 15.
Geburtstag ein Brief kam! Das müsste mich in grosse Aufre-
gung versetzt haben, da es doch hiess «keine Briefe mehr!»

Münster, 25. Mai 1949

Liebe Gret!

Ich erinnere mich gern an die Wochen in Deinem El-
ternhaus und an die frische, suchende Art in der Du Dir
den Weg durch diese Welt zu bahnen suchst. Nun bist

Du wieder um ein Jahr älter, erfahrener und erwachsener geworden. Vieles was Dir noch im letzten Jahr unerklärlich schien, ist Dir klar geworden. Und so geht es fort von Jahr zu Jahr. Mit der Ungeduld eines gläubigen Herzens glaubt man sich in seinen Rechten beengt und fühlt sich nicht verstanden. **Jeder** vor uns hat gleiches einmal gesagt und geglaubt, und jeder nach uns wird diese Feststellung machen und die gleichen Anklagen erheben! Heilige Schwüre sind von allen Generationen der Jugend geleistet worden, wenn man nur erst selbst älter ist, mehr Verstehen entgegenbringen kann, als man selbst erfahren hatte im Leben.

Indessen rollt die Welt ungestört weiter und das Wesen des menschlichen Kampfes bleibt immer dasselbe! Nur die äussere Form ändert sich ein wenig. Und so glaube ich, ist es der allein richtige Weg in Demut und Geduld den Weg der Pflicht zu gehen im Vertrauen darauf, dass im tiefsten Grunde auch das aus dem Gedanken der Liebe geboren wird, was man als unnötige und harte Massnahme gegen sich empfindet.

Der Gedanke, dass keine Jugend, wenn sie älter ist es anders machen kann, wird uns zu dieser frühen Vernunft führen. Es ist nun einmal ein anderes Bild aus der behüteten Welt der Jugend oder aus dem Kreis der Verantwortung zu sprechen und zu handeln und zu sehen. Jugend soll gehorsam sein und folgen. Alle Kraft aber soll darauf gerichtet sein, Rüstzeug zu sammeln für die Zeit, da man in freier Entscheidung selbst verantworten muss.

Deshalb soll mein Rat und meine Wunsch zu Deinem Geburtstag sein: «Gehe mit geöffneten Augen, hellen Ohren und strebsamen Geist durch die Welt. Nichts wird umsonst getan, nichts vergebens gelernt!»

Du magst mich fragen, wie ich auf dieses Thema komme und was mich veranlasst, davon zu erzählen? Nun, Du weisst, dass ich viel in den Kreisen junger Menschen bin und immer die gleichen Fragen und Klagen höre, und ich glaube es wird in Dir genau so aussehen. Als ich 15 Jahre alt war, fuhr ich zum ersten Mal mit 30 jüngeren Freunden mit dem Velo durch Deutschland. Es hat damals, ich erinnere mich gut, einen heftigen, aber stillen Kampf gegeben, um Anerkennung meines Planes. Es ging alles gut. Nun sind das nicht gerade Unternehmungen für junge Mädchen, aber ich könnte mir denken, dass Du auch mit eigenen Ideen aufwartest, die nicht immer die ungeteilte Freude und den Beifall der Eltern finden. In solchen Fällen aber soll man der grösseren Erfahrung vertrauen.

Gesetz und Leitstern eines Lebens soll sein, was ich auf der Karte schrieb:

«Werde **nie** eine von den Vielen!»

In froher Erinnerung sende ich Dir recht schöne und gute Wünsche für das kommende und alle weiteren Jahre. Grüsse Du auch die Eltern und Grosseltern, Myrtha,

Maja und Sophie und grüsse die Sonne und Auen in Störshirten, die nun so viele fleissige Hände erfordern.
Ich denke daran, wenn ich in dumpfer Stube hinter Büchern sitzen muss.

Heinz

Lieber Heinz,

sicher habe ich damals deinen gänzlich unerwarteten Brief nicht mit eitel Freude gelesen. Er war ein kalter Guss auf die entfachten Gefühle einer «Erweckten.» Es kann aber auch sein, dass mich deine Worte gar nicht mehr erreichten, dass ich ganz in meinem Aufgabenkreis aufging. Das dritte Realschuljahr war anstrengend. Ich bereitete mich auf den Eintritt ins Lehrerseminar vor. Heimlich schwärmte ich für meinen Sekundarlehrer, bei dem ich Klavier üben durfte, da wir zu Hause keines besassen. Im Seminar wurde nur Klavier oder Geige als Instrument anerkannt.

Und nun kommt nochmals ein Brief von dir, aus einer für mich abgetauchten für abgeschlossen gehaltenen Welt.

Ich meine mich blass zu erinnern, dass ich bei diesem Brief den Eindruck bekam, dass du mir das Verhalten meiner Eltern wegen des Briefverbots verstehbar machen wolltest. Darum der «Vortrag» über das unsterbliche Thema der auseinander klaffenden Meinungen zwischen Eltern und Pubertierenden. «Und so glaube ich, ist es der allein richtige Weg, in Demut und Geduld den Weg der Pflicht zu gehen im Vertrauen darauf, dass im tiefsten Grunde auch das aus dem Gedanken der Liebe geboren wird, was man als unnötige Massnahme gegen sich empfindet», schreibst du. Das mag wohl oft zutreffen. Ich verstehe ja heute nur zu gut die Angst meiner Eltern. Aber, immerhin warst du sehr, sehr weit weg, und es hätte vielleicht gar nicht solch massiver Massnahmen bedurft. Vielleicht hätte es sich von selbst anders ergeben, so jung wie ich war, und so unstet wie sich meine Gefühle gebärdeten. ‹Der Sache den Lauf lassen,› das war sogar ein Ausspruch meines Vaters. Ich weiss, ich weiss, je mehr man etwas liebt, umso angstvoller hütet man es!

Was ich aber bis heute nicht verstehe ist, dass du nicht wagtest mit mir über diesen Abbruch zu sprechen, dass du's nur mit allgemeinen Leitsätzen tatest. Der Respekt vor meinen Eltern muss dir gewaltig auf der Seele gelegen sein. Mir kommt nun ganz spontan der Satz aus meiner Studienzeit in den Sinn, der mir damals schon grossen Eindruck gemacht hatte: «Der Mensch will nicht erzogen, sondern geliebt werden!» Was nützten mir deine Lebensphilosophien, wenn ich den Menschen dahinter nicht spürte? Du bliebst für mich als Freund verschwunden, obwohl du mir die Freundschaft über die vielen hundert Kilometer hinweg versprochen hattest!

Am Schluss des Tagebuchs nach den Ferien in Basel setze ich mich mit diesem wunden Punkt auseinander: «Heinz, hast du nicht in mir die tiefe Liebe entfacht an jenem letzten

Abend? Ich bin nicht allein schuld … Heinz hat auch dazu beigetragen … Du hast nicht gewusst, was du damals getan hast! …» So wehrte ich mich gegen die Zumutung, allein die Schuld für die Fortsetzung der Ereignisse zu tragen.

Natürlich weiss ich um mein heisses Gemüt. Und es konnte ja nicht angehen, mit dir ein Liebesverhältnis zu pflegen, auch nicht aus der Ferne. Das Angebot deiner Freundschaft war ein unerhörtes Geschenk. Nur verstand ich es halt anders. Das Zärtliche zwischen uns hätte es nicht geben dürfen, wenn damit eine rein platonische Freundschaft gemeint war! Darum haben mich deine Briefe ja auch so verwirrt.
Du hast wahrscheinlich nicht geahnt, wie brisant sich jede Berührung vom andern Geschlecht in diesem Alter und gar für ein so romantisch veranlagtes Mädchen wie ich eines war, auswirken kann!

Ich bin gern von dir «erweckt» worden. Aber, wie du dich aus der Schlinge gezogen hast, das missfällt mir. Du stehst mit deinem nun wirklich letzten Brief als unbeteiligter Erwachsener vor mir und belehrst mich über die Kämpfe zwischen Pubertierenden und deren Eltern – als wären wir uns nie auf einer zarten, zerbrechlichen Ebene begegnet, auf jener gegenseitiger Anziehung! Das schmerzt mich. Darum musste ich dir das heute sagen.

Ein knappes Jahr später schenkst Du mir zu meiner Konfirmation das Buch «Ein Blatt aus sommerlichen Tagen», Novellen von Theodor Storm. Lauter Liebesgeschichten mit unerfülltem Ausgang. Das versöhnt mich ein wenig. Das zeigt, dass auch du wusstest, wie es eigentlich gewesen ist. Ich habe schon damals diesen Schluss davon abgeleitet. Das mit der Liebe ist eine diffizile Sache. Die Umwelt, die Umstände und die inneren Wandlungen vereiteln gerne die Verwirklichung einer aufkeimenden, schönen Liebe! Wieso sollte es uns nicht auch so ergehen?

«Zu den schönsten Liebesgeschichten gehört, dass sie nicht in Erfüllung gehen», schreibe ich in «Ein Blatt aus sommerlichen Tagen.» Daran will ich mich halten.

Die Erinnerung bleibt
Die Zuneigung bleibt
Das Geheimnis bleibt

Die Jahre danach

Ich weiss nicht auf welche Weise und ob überhaupt der Kontakt zwischen meinen Eltern und Heinz noch gepflegt wurde. Ich scheine mich gut getröstet zu haben, schwärmte für den Handharmonikalehrer, den Sekundarlehrer und den Herrn Pfarrer. Ich bereitete mich auf den Sprung ins Seminar vor, musste hiefür noch Klavierunterricht nehmen und schulisch das Beste leisten.

Die Seminarjahre gaben mir zunehmend Halt, Richtung, Besonnenheit und ein besseres Vertrauen in mich selbst. Inmitten der grossen Seminargemeinschaft von Kolleginnen, Kollegen, Lehrkörper, festen Strukturen in Schule und Freizeit und der Begegnung mit Wissen und Kultur erlebte ich eine überaus reiche Zeit. Eine Zeit die mich ganzheitlich gebildet hat – für Beruf und Leben.

Heinz hat mir auch für diesen neuen Lebensabschnitt einen Leitspruch hinterlassen. Er steht vorne in Theodor Storms Buch «Ein Blatt aus sommerlichen Tagen», das er mir zur Konfirmation geschenkt hat:

Liebe ohne Wissen geht irre,
Wissen ohne Liebe bläht auf,

Wissen samt Liebe erbaut.

Bonaventura

Wenn das kein Wegweiser für meine bevorstehende Ausbildung war! Echt Heinz! Bilde dir ja nichts auf eine gehobene Ausbildung ein. Ohne Liebe geht sie in die Irre, zusammen mit Liebe baut sie auf! Ich entsinne mich gut, dass ich damals schon die «Belehrung» dahinter witterte.

Das letzte Ereignis, das mich nochmals an die Sommerepisode von 1948 zurückdenken liess, war kurz nach meiner Verlobung. Ich habe nach zwei Jahren Schuldienst geheiratet und im Sommer zuvor Verlobung gefeiert. Eines Samstags, als ich von meinem Schulort fürs Wochenende heimkam, wartete Mutter einen günstigen Moment des Alleinseins mit mir ab. Wir standen beide vor dem Stubenbuffet auf dem, neben kleinen Ziergegenständen und einem Sträusschen, immer auch ein aktuelles Foto aufgestellt war. Diesmal war's unser Verlobungsfoto. Mutter berichtete so unverfänglich wie möglich, Heinz wäre da gewesen … «Er hat das Verlobungsbild sehr lange angesehen!», fügte sie bedeutungsschwer der knappen Schilderung dieses so ungewöhnlichen Besuches bei.
Ich kam mir wie ertappt vor. Ich hatte Heinz längst aus der Erinnerung verbannt. Er aber kommt nochmals nach Störshirten, will einen Augenschein nehmen und verweilt über dem Foto meines Glücks! Es hat mich nicht lange beschäftigt, wenn

überhaupt. Im eigenen Glück ist man unbarmherzig egoistisch. Man hütet es vor jedem Schatten, vor jeder Irritation.

Von meinem Götti in Zürich hörte ich einige Zeit später, Heinz habe geheiratet, eine etwas ältere sehr nette, feine Frau. Heinz hatte längst eine Anwaltspraxis und meine Paten besuchten ihn in Münster-Westfalen anlässlich einer Deutschlandreise.

Epilog

Ich schrieb einen Sommer lang wie im Fieber, liess die Vergangenheit heraufsteigen, sah sie mit Gefallen und Missfallen, schwankte zwischen Hochs und Tiefs. Von der festen Überzeugung, dass das Geschriebene in die Welt hinaus müsse, mäanderte ich in alle Richtungen, haderte, zagte, hegte höchste Pläne – um einen Tag danach festzustellen, dass es Wahnwitz ist!

Die Spannung zwischen Hell und Dunkel, zwischen schrankenloser Bewunderung für Heinz und den Fragen an ihn, den Älteren, wie das denn gemeint war, waren nicht leicht auszuhalten. Es fand ein inneres Klären anhand der Tagebücher und der Briefe statt. Ein Herausdestillieren der Essenz jenes Sommererlebnisses und der Tatsache, dass es mich 60 Jahre danach nochmals gepackt hat. Irgend etwas muss daran gelegen haben, dass ich mir solche Mühe damit machte …

Sommerlicht

Spätsommerlicht
hingeneigt zum Dunst
über den Farben

Auf dem Höhepunkt
riecht es nach
Abschied
von Wärme
stehender Hitze
hängenden Blumengärten

Der Bogen wird
bald entspannt
zu Milde und
Gleichmass

Die Ernte
zeichnet sich ab

Die Sehnsucht aber
bleibt im Sommer
stehn